KB000752

편두통, **한없이 예민한**
나의 친구

편두통,   한없이 예민한 나의 친구

Edition L

편두통과 사이좋게
살아가기 위한
한 두통 환자의 치열한 기록

민 윤 지음

궁리
KungRee

나는 늘 머리가 아픈 사람이었다.

초등학교 시절의 어느 늦가을 혹은 겨울날, 시험을 보는데 머리가 쿵쿵 울리며 깨질 듯 아팠던 기억 이후로, 나는 수시로 머리가 아팠다. 지금도 아침에 눈을 뜰 때면 나의 감각은 제일 먼저 머리로 향한다. 머리가 아픈가? 괜찮은가? 머리가 약간 띵한 느낌이 들면 불안한 마음으로 자리에서 일어나 몇 분을 보낸다. 그러다가 띵한 느낌이 본격적인 두통으로 발전하지 않고 가라앉으면 가슴을 쓸어내린다.

살아가면서 한두 번이라도 두통을 경험하지 않는 사람은 없을 것이다. 흔한 예로 감기에 걸리거나 체해도 머리가 아프다. 그만큼 두통은 흔한 증상이고, 따라서 병이라고 생각하지 않는 사람들도 많다. "머리 아프면 잠깐 자고 일어나면 가라앉는 거 아냐?" "진통제 먹었어? 진통제 먹어도 안 가라앉아?" 머리가 아프다는 사람에게 흔히 하는 얘기다.

그러나 나 같은 만성 편두통 환자에게 두통은 다른 얘기다. 나는 머리가 아플 때마다, 약을 먹을 때마다 수첩에 기록한다. 일주일에, 한 달에 몇 번 머리가 아픈지, 약을 몇 번 복용하는지 알기 위해서다. 일정 횟수가 넘어가는 건 위험 신호이기 때문이다. 전문 의약품이 아닌 일반 진통제로는 편두통이 가라앉지 않기 때문에 정기적으로 병원에 가서 약을 처방 받아야 한다. 잠을 평소보다 못 자면 무조건 심한 편두통이 오기 때문에 잠을 잘 못 자는 상황이면 두려움이 밀려온다. 화창한 날씨도 마음 놓고 즐길 수 없다. 강한 햇빛도 편두통을 일으키는 요인 중 하나이기 때문이다. 운동도 과하게 하면 안 된다. 과한 운동과 육체 피로도 편두통을 일으킨다. 카페인 역시 편두통을 일으키거나 안 좋은 영향을 줄 수 있어서 멀리해야 한다.

두통의 강도 역시 그냥 참을 수 있는 수준이 아니다. 대한두통학회에서 2019년에 실시한 연구 결과에 따르면, 출산의 고통이 평균 7인데 심한 편두통 통증은 평균 8.78이라고 한다. 따라서 편두통이 심하게 오면 업무 능률이 떨어지는 것은 물론이고 현실적으로 업무를 할 수 없는 경우가 대부분이다. 업무는커녕 집안일도 하기 힘들다. 집안일은커녕 누군가와 제대로 대화를 하기도 힘들다.

결론적으로 만성 편두통은 단순한 증상이 아니라 병이다. 그것도 무척 심각하고 현재로서는 완치가 불가능한 것으로 알려진 병이다. 수시로 찾아와 힘들게 하기 때문에 가능한 한 자주 마주치지 않도록 조심해야 한다. 그런데 잠자고 있는 두통을 깨우지 않도록 아무리 조심한다 한들, 약간만 발을 헛디뎌도 두통은 귀신같이 깨어나 내 머리를 두드린다. 때로는 특별한 이유 없이 편두통이 올 때도 있다. 어쩌다가 일주일 정도 두통이 오지 않았을 때, '어, 웬일로 일주일째 머리가 안 아팠네?'라는 생각이 떠오른 순간, 동시에 '망했다.'라는 낭패감이 뒤따른다. 두통이 일주일째 오지 않았다는 생각이 곤히 자고 있던 두통을 깨우게 될 것이기 때문이다.

이처럼 편두통은 나와 떼려야 뗄 수 없는, 내 안에서 몇 십 년째 동거하고 있는 예민하고도 생명력이 강한 오랜 친구다. 우리는 영원히 헤어질 수 없다. 사이좋게 살아가는 수밖에 없다. 최대한 가끔 만나면서, 최대한 가볍게 만나면서.

이 책은 내가 편두통이라는 그 한없이 예민한 친구와 부대끼며 살아온 지난 시간을 기억하며 써내려간 내 두통의 기록이자, 앞으로 남은 시간 동안 사이좋게 살아갈 방법을 고민하고 각오를 다지는 글이다.

학술지 《랜싯(THE LANCET)》에 실린 2010년 세계 질병 부담 연구(The Global Burden of Disease Study 2010)에 따르면, 전 세계 인구 가운데 여성은 약 19%가, 남성은 약 11%가 편두통 환자라고 한다. 생각보다 많은 사람들이 편두통으로 고통 받으며 살아가고 있다. 역사적 인물들 가운데에는 카이사르, 다윈, 니체, 프로이트, 고흐, 모네 등이 편두통으로 고통 받았다고 한다. 『안네의 일기』의 소녀 안네 프랑크도 편두통 환자였다고 하고, 영화배우 섀런 스톤, 우피 골드버그, 휴 잭맨도 편두통 환자라고 한다. 휴 잭맨이 편두통 발작으로 토니 블레어 전 영국 총리와의 약속을 지키지 못했다는 일화를 보니 동병상련의 마음에 왠지 친근감까지 느껴진다.

그렇게 적지 않은 사람들이 나와 마찬가지로 편두통으로 고통 받으며 살아간다는 생각을 하면 위안이 되고 힘이 난다. '이런 고통을 겪고 있는 게 나만은 아니구나.' '내가 편두통으로 괴로운 이 순간, 어딘가에서 누군가도 같은 고통으로 힘겨워하고 있겠구나.' 나 말고 다른 사람도 같은 고통을 겪는다는 사실이 내 고통을 덜어주지는 않지만, 이 괴로움을 겪는 게 나

혼자가 아니라는 생각이 이겨낼 힘을 조금은 준다.

그래서 나는 이 책을 썼다.

내가 머리가 아프다는 게 과연 책으로 쓸 만한 가치가 있는 걸까 고민도 했다. 그러나 내가 겪어온 두통의 기억이, 두통과 사이좋게 공존하려는 내 노력이 다른 누군가에게 '나 말고도 이런 고통을 겪는 사람이 있구나.' 하는 위안을 주고 '나도 이 사람처럼 힘을 내봐야겠다.' 생각하게 해줄 수 있다면 의미가 있는 게 아닐까 하고 용기를 냈다. 그 용기가 부디 가치 있는 일이 되길 바란다.

마지막으로, 편두통과의 지난하던 동거를 슬기로운 동행으로 바꿀 수 있게 도와주시고 이 책의 의학적 내용을 감수해주신 문희수 교수님과 두통에 대한 기록을 남길 수 있는 기회를 주신 궁리출판의 김현숙 편집주간님, 그리고 내 오랜 투병에 힘이 되어준 가족에게 감사드린다. 그리고 나를 비롯한 이 세상의 모든 만성 편두통 환자들이 두통에서 조금은 벗어나 더 자유로운 삶을 살 수 있기를 바라며, 그들과 이 책을 나누고 싶다.

2020년 12월

민 윤

차례

편두통에 대한 흔한 오해와 진실

1. 한쪽 머리가 아프면 무조건 편두통이다?
아니다.

편두통(偏頭痛)의 '편(偏)' 자가 '치우치다, 절반, 한쪽'이라는 뜻이어서 편두통은 머리의 한쪽 부위가 아픈 병이라는 오해가 있고 한쪽 머리가 아프면 무조건 편두통이라고 생각하기 쉽다. 그러나 한쪽 머리가 아프다고 해서 무조건 편두통은 아니다. 편두통과 함께 흔한 일차두통인 긴장형두통도 한쪽 머리만 아플 수 있고, 체해서 머리가 아프거나 그 외에 다른 이유로 머리가 아플 때도 한쪽 머리만 아플 수 있다.

- **일차두통 :** 뇌종양이나 뇌출혈, 축농증, 턱관절 장애 등 다른 질환으로 인한 두통이 아니라 두통 자체가 질환인 두통. 다른 질환으로 인한 두통은 '이차두통'.

2. 편두통은 한쪽 머리만 아프다?
아니다.

편두통이라고 해서 한쪽 머리만 아픈 건 아니다. 편두통도 머리의 두 부위 이상이 아프기도 하고 머리 전체가 아플 때도 있다. 그리고 한쪽 부위가 아프더라도 매번 부위가 달라지는 경우가 흔하다.

3. 신경을 써서 머리가 아픈 것이다?

그렇기도 하고 아니기도 하다.

신경을 쓰고 스트레스를 받는 것이 편두통이 생기는 원인 중의 하나
이긴 하나, 그 외에도 편두통을 일으키는 원인은 여러 가지가 있다.
육체 피로, 수면 부족이나 과다, 강한 햇빛, 강한 인공적 냄새, 월경
과 여성 호르몬, 과도한 운동, 공복 상태, 특정 음식 등 여러 가지가
편두통을 일으킬 수 있다.

4. 머리가 자주 아프면 뇌에 종양이 있는 것이다?

그럴 수도 있지만 그럴 확률은 낮다.

머리가 자주 아프거나 평소에 없던 두통이 생기면 뇌종양 등 심각
한 병이 생긴 건 아닌가 걱정하기 쉽다. 그러나 대부분의 두통은 다
른 질환으로 인한 것이 아닌 두통 자체가 질환인 일차두통이다. 뇌
종양, 뇌출혈 등 다른 질환으로 인한 두통(이차두통)은 5% 정도에
불과한 것으로 본다. 신경과 전문의에게 진찰을 받고 다른 질환으로
인한 두통이 의심될 경우에만 정밀 검사를 받아볼 필요가 있다.

5. 편두통은 머리만 아프다?

아니다.

편두통은 머리의 통증 외에 소화가 안 되며 속이 불편하고 구토가
나기도 하는 등의 위장 증상과 빛과 소리, 냄새에 민감해지는 증상
이 동반되는 것이 특징이다. 이 2가지가 편두통의 중요한 진단 기준
이 된다. 아울러 안구의 통증이 동반되는 경우가 많다.

6. 모든 편두통 환자에게는 조짐이 있다?

아니다.

편두통 환자들 중에는 편두통이 오기 전에 조짐이 있는 경우가 있는데, 전체 환자의 20% 정도로 알려져 있다. 눈앞에 불빛이나 점이 깜빡이거나 지그재그 선이 보이는 등의 시각조짐, 얼굴 일부나 손이 저리거나 따가운 감각조짐, 말이 잘 안 나오거나 단어가 잘 떠오르지 않는 언어조짐 등이 있다. 이런 조짐이 있는 편두통을 조짐편두통, 없는 편두통을 무조짐편두통이라고 한다.

7. 편두통 환자는 커피를 마셔도 된다? 안 된다?

마셔도 되지만 하루 2잔을 넘기지 않는 게 좋다.

카페인은 혈관을 수축시켜서 편두통을 줄여주는 데 도움이 되지만, 카페인을 공급하다가 중단하면 혈관 수축 효과가 사라지면서 혈관이 확장되므로 두통이 일어난다. 그래서 커피를 하루에 몇 잔씩 마시는 사람들 중에는 하루쯤 커피를 마시지 않으면 두통이 일어나는 경우가 있다(일종의 카페인 금단 증상). 또한 카페인은 불면증을 일으켜 수면을 방해할 수 있으므로 편두통을 일으킬 수도 있다. 따라서 편두통이 있는 사람은 커피를 마시지 않는 것이 좋고, 마시더라도 하루에 2잔 이하로 마시는 게 좋다.

Part 1

×

나와 편두통

나는 머리가 아픈 사람이다. 어려서부터 걸핏하면 머리가 아
팠다. 초등학교 때 이후로 몇 십 년째 편두통 환자로 살아왔
다. 편두통은 나와 떼려야 뗄 수 없는 존재가 되었고, 좋든 싫
든 내 정체성의 일부를 이루는 것이 되었다. 내 생활에서 우선
순위를 차지하는 몇 가지에 편두통이 단연 자리를 차지하고
있고, 가족이나 친구들, 지인들에게 나는 '자주 머리가 아픈
사람', '편두통 환자'로 인식되어 있기 때문이다.

내 편두통이 정확히 언제 시작되었는지는 알 수 없다. 하지
만 내 기억에 남아 있는 최초의 편두통의 기억은 초등학교 5
학년 어느 시험 날의 일이었다. 교실 책상에 앉아 시험을 보
는데 머리가 심하게 울리면서 아팠던 기억이 지금도 생생하
다. 1학기였는지 2학기였는지, 월말고사였는지 중간고사였는

지 기말고사였는지는 기억나지 않지만, 어렴풋이 늦가을이나 초겨울 오후였던 것 같은 그때, 그 통증만은 선명히 기억난다. 그것이 내 최초의 편두통의 기억이 아닐까 한다.

머리가 띵하거나 조이는 느낌으로 아팠던 게 아니라 머리 한쪽이 쿵쿵 울리며 아팠다. 지금 와서 생각해보면 전형적인 편두통 통증이었다. 편두통의 진단 기준 가운데 하나가 통증이 박동성으로, 즉 심장이나 맥박이 뛰는 것처럼 욱신욱신, 혹은 지끈지끈, 혹은 심한 경우 쿵쿵 울리며 느껴진다는 것이다.

초등학교 5학년이었으니 만으로 10~11세 정도였을 때다. 모두가 그런 건 아니지만 대다수의 편두통 환자들은 보통 사춘기(10대 중반)에서 20대 초반에 편두통이 시작된다고 한다. 나는 사춘기 이전에 시작됐으니 조금 빨랐던 셈이다. 그런데 사춘기 이전 소아들 중에도 편두통 환자는 적지 않은 수가 존재한다. 나도 그 가운데 하나인 소아 편두통 환자였던 것이다.

초등학교 5학년 그날부터 나의 길고 긴 편두통과의 동행은 시작되었다.

편두통(偏頭痛, migraine)은 맥박이 뛰는 듯 머리가 울리는 통증이 심하고, 움직이면 통증이 심해지며, 소화가 안 되거나 구토가 나는 등의 위장 장애와 빛과 소리에 민감해지는 증상이 동반되는 병이다.

편두통에서 편(偏)은 '치우치다, 한쪽, 절반'이라는 뜻이다. 즉, '편두통'은 글자 그대로 풀이하면 한쪽만 머리가 아픈 것이다. 이런 이름 때문에 편두통을 오해하기 쉽다. 한쪽 부위만 아프면 무조건 편두통이라고 생각하거나, 편두통은 머리의 한쪽만 아픈 거라고 생각한다. 그러나 한쪽 부위만 아프다고 해서 무조건 편두통이 아니다. 다른 두통에도 한쪽만 아픈 경우는 흔하다. 편두통이라도 양쪽이 다 아프거나 머리 전체가 아픈 경우도 많다.

2018년에 세계보건기구(WHO)는 편두통을 모든 질환 중 6번째로 흔하고 두 번째로 질병 부담이 높은 질환으로 발표했다. 전 세계에 약 10억 명의 환자가 있는 것으로 추산되고, 국내에도 약 860만 명이 편두통을 경험하는 것으로 추정된다.

편두통은 사춘기에서 20대 초반에 시작되어 평생 계속되는 경우가 많고, 완치할 수 있는 병이 아니다. 그리고 편두통을 일으키는 요인들이 무척 많으므로 평생 약물로 꾸준히 치료하면서 유발 요인을 피하도록 생활 습관을 잘 관리해야 한다.

초등학교 5학년 그날 최초의 편두통의 기억 이후, 대학 입학 시험 날까지, 중요한 시험을 보는 날이면 거의 항상 머리가 아팠다. 그러니까, 집중해서 신경을 쓰고 긴장을 하는 날에는 항상 머리가 아팠던 것 같다.

그때부터 지금까지 나에게 편두통을 일으키는 요인들은 여러 가지가 있는데, 그 가운데 심리적 요소는 '집중해서 신경을 쓰거나 긴장을 하는 것'이었다. 스트레스를 받는 상황의 하나라고 할 수 있을 것 같은데, 넓은 의미의 모든 스트레스 상황이라기보다는 집중해서 신경을 쓰고 긴장을 할 때 편두통이 찾아온다.

대표적인 것이 학창시절에는 중요한 시험을 볼 때 머리가 아팠고, 성인이 된 후에는 편하지 않은 상황에서 긴장하면서 신경써가며 대화를 해야 할 때 편두통이 온다. 예컨대 중요한 면접을 본다거나, 잘 알지 못거거나 편하지 않은 사람들과 장시간 대화를 해야 한다거나 하면 머리가 아프다.

중·고등학교 때는 중간고사나 기말고사를 보는 날에는 거의 항상 머리가 아팠다. 중학교 때까지는 머리가 아파도 약은 거의 먹지 않았다. 자고 일어나면 두통이 가라앉았다. 그러나 서서히 시험 날 외에도 머리 아픈 날이 조금씩 생기기 시작했다. 그리고 고등학교 때부터는 약국에서 일반 진통제를 구입하여 먹기 시작했다. 약을 먹지 않으면 두통이 계속되었기 때문이다.

그때는 머리가 아프다고 해서 병원에 갈 생각을 하지는 못했다. 지금처럼 전 국민이 건강보험에 가입되어 있을 때도 아니었고(지금부터 몇 십 년 전이다), 따라서 몸이 조금만 불편해도 병원에 가서 의료 서비스를 받는 것이 자연스럽던 시절이 아니었다. 무엇보다도 두통을 질병으로 생각하던 시절이 아니었다. 편두통이라는 병명이 언제부턴가 통용되긴 했지만 지금도 그렇듯 대부분의 사람들이 그 의미를 제대로 알고 사용했던 건 아니었다. 나 역시 내가 편두통일 수 있다고 생각은 했어도 편두통이 특별한 치료가 필요한 질환이라고는 전혀 생각하지 못했다. 그저 머리가 아프니까 약국에 가서 일반 진통제를 구입해서 복용했다.

당시에 약국에서 구입할 수 있던 일반 진통제로는 아스피린, 사리돈, 펜잘, 게보린 등이 있었던 걸로 기억한다. 나는 펜잘을 주로 복용했는데, 하늘색 비닐 포장에 남색으로 약 이름이 적혀 있던 흰색 알약이 지금도 생각난다.

그때는 편두통이라는 병을 제대로 몰랐으니 당연히 편두통에는 편두통약이 따로 있다는 사실도 알지 못했고, 내가 편두통이라는 것도 몰랐으니 편두통약을 병원에서 처방 받아 먹어야 한다는 사실도 알지 못했다. 그런데 당시는 지금처럼 편두통약, 즉 편두통 특이 약물이 여러 가지가 개발되어 있을 때가 아니었고 편두통 예방 치료도 존재하지 않을 때였는데, 내가 신경과를 찾아서 진료를 받았다면 어떤 치료를 받았을지 궁금하다.

아무튼 내가 10대 시절이었던 당시는 편두통 초기였기 때문에 일반 진통제를 복용해도 효과가 있었다. 그리고 최근에 알게 된 것인데, 10대 편두통 환자에게는 일반 진통제도 효과가 있다고 한다. 반면에 성인 편두통 환자에게는 일반 진통제가 효과가 없는 경우가 많다고 한다.

이렇게 10대 후반부터 나는 두통 때문에 진통제를 먹기 시작했다. 수십 년의 진통제 역사가 시작된 것이다.

편두통에 민감한 뇌, 뇌신경, 뇌혈관

지금까지 밝혀진 바에 따르면, 편두통 환자는 '편두통에 민감한 뇌, 뇌신경, 뇌혈관'을 가지고 있어서, 편두통을 일으키는 자극을 받으면 편두통 발작이 일어난다고 한다. 자극(두통 유발 요인)이 들어오면 뇌신경에서 CGRP(칼시토닌 유전자 관련 펩티드)라는 신경전달물질이 나오고, 그 결과 혈관이 확장되면서 편두통이 일어난다.

편두통을 일으키는 자극은 굉장히 다양하다(72쪽 참고). 이런 자극을 받아도 물론 일반인들에게는 편두통이 일어나지 않는다. 그리고 편두통 환자들도 개인에 따라 두통 유발 자극은 조금씩 다르다.

가족력과 성별

편두통 환자의 50~60%는 가족력이 있는 것으로 알려져 있다. 부모 중에 한쪽이 편두통이 있으면 자녀가 편두통이 있을 확률은 50% 정도이며 부모가 모두 편두통이 있다면 확률은 75%로 높아진다.

그리고 남성보다 여성에게 편두통이 생길 확률이 높다. 초등학생 때까지는 여아와 남아에서 비슷한 정도로 편두통이 발생하지만, 사춘기가 지나면서 여성의 편두통 발생 빈도가 급격히 증가하여 여성 편두통 환자가 남성 환자보다 2~3배 정도 많다.

20대에 들어서면서 나의 두통은 10대 때보다 악화되었다. 빈도도 잦아졌고, 강도도 심해졌다. 그렇게 10년이 넘도록 두통이 계속해서 발생하고 빈도가 잦아지고 통증도 점점 심해지자 어느 순간 불안해지기 시작했다. 혹시 내 뇌에 심각한 문제가 있는 건 아닐까? 뇌에 혹이라도 난 건 아닐? 설마 내가 말로만 듣던 뇌종양…?

물론, 10년 이상 지속되어온 두통이 뇌종양 때문이라고 생각하는 건 논리적으로 이치에 맞지 않아 보였다. 뇌종양 때문에 두통이 생기는데 그 두통이 10년 넘게 지속돼왔다면 뇌종양이 생긴 지도 10년이 넘었어야 하는데, 그동안 두통 말고는 다른 문제 없이 잘 살아올 수 있었다는 건 말이 안 될 테니 말이다.

그래도 초등학교 때부터는 아니었더라도 언제부턴가 뇌에 다른 질환이 생겼을 수도 있으니 한 번쯤 뇌 촬영을 해볼 필요가 있겠다는 생각이 들었다. 뇌에 종양이나 다른 문제가 있지 않다는 걸 확인한다면 한편으로 안심할 수도 있을 것이기 때문에.

그래서 20대 중반 어느 날, 집에서 가까운 곳에 있는 신경외과를 찾았다. 사실 두통 환자가 진료를 받아야 하는 과는 신경과다. 지금도 두통을 병으로 생각하지 않는 사람들이 많은데, 90년대 후반이던 당시에는 두통이나 편두통에 대한 인식이 지금보다 훨씬 약했다. 편두통을 체계적으로 치료하고 관리해야 하는 병으로 생각하는 풍조가 거의 없었다. 나 역시 당시에는 두통 환자는 신경과에서 진료를 받아야 한다는 사실조차 몰랐다. 당시는 지금처럼 인터넷이 발달했던 때도 아니어서(기억하는 독자들이 있겠지만, 하이텔, 천리안, 나우누리, 유니텔 등 PC통신 시절이었다) 어디가 불편할 때는 어떤 병원 어떤 과를 가야 한다는 정도의 간단한 정보도 쉽게 찾을 수 있던 시절이 아니었다. 그래도 신경외과를 갔다는 게 그나마 다행이라고 해야 할까.

아무튼 그렇게 신경외과를 찾아가서 뇌 컴퓨터 단층 촬영

(CT)을 했다. 오래된 일이지만, 촬영을 하고 나서 결과를 기다리는 그리 길지 않은 시간 동안 제법 초조했던 기억이 난다.

다행히 뇌에 종양이 있거나 다른 심각한 문제가 있어 보이지는 않는다고 했다. 더 이상 뇌에 다른 문제가 있어 두통이 생기는 건가 하는 걱정은 하지 않아도 되었다. 그러나 아쉬운 것은 이때도 내 두통에 대해 정확한 진단을 받고 제대로 된 치료를 시작하지는 못했다는 점이다.

당시 의사가 내 두통을 정확히 뭐라고 진단했는지는 기억나지 않는다. 당시에도 정확한 정의는 모른 채 심하거나 자주 재발하는 두통을 '편두통'이라고 부르는 풍조는 있었기에 나 스스로 이미 내 두통을 편두통이라고 생각하고 있었던 것 같긴 하고, 그 의사도 편두통이라고 했을 수 있다. 그러나 그 의사는 나에게 편두통약(정확히 말해서 '편두통 특이 약물' 혹은 '편두통 급성기 치료제')을 처방하지 않았던 것으로 기억하고, '컴퓨터 앞에 앉아서 작업하는 것 같은 똑같은 자세를 오랫동안 하지 마라', '목을 돌리는 운동을 수시로 해라' 같은 조언을 해주었다. 내 두통을 긴장된 자세로 인해 목과 어깨, 머리의 근육이 긴장해서 생기는 '긴장형두통'으로 생각했던 게 아닌가 싶다. 그리고 그건 그 의사가 신경과 전문의가 아니었기 때문이 아닐까 생각한다(여기서 잠깐 이 책을 읽는 두통 환자 여러분에게 강조하고 싶은 점. 두통은 반드시 신경과 전문의, 그중에서도 두통을 전문으로 보는 의사에게 가서 진단과 치료를 받으라는 것!).

그 후에도 30대 시절에 뇌 CT 촬영을 한 번 더 한 적이 있는데, 역시 내 뇌에는 다른 질환이나 문제가 없었다. 나의 두통은 뇌신경과 뇌혈관의 타고난 특성으로 인한 전형적인 편두통이라는 걸 다시 한 번 확인할 수 있었다.

일정 기간 반복적으로 두통을 앓거나 전에 없던 두통이 생겨서 고통을 받기 시작하면 나처럼 '뇌에 문제가 생긴 건 아닐까?' 하는 걱정이 생기는 게 당연하다. 그런 경우 뇌 CT 촬영이나 MRI 촬영을 해봐야 하지 않을까 하는 고민이 생길 것이다. 혼자 그런 고민을 하며 끙끙 앓지 말고, 혹은 인터넷에 올라온 불확실한 정보들에 의존하지 말고 신경과 전문의를 찾아가자. 신경과 전문의에게 두통의 증상을 자세히 설명하면 뇌 촬영이 필요한지 여부를 판단해줄 것이다.

일차두통 : 다른 질환이 없는 두통

일차두통, 혹은 원발두통은 다른 질환이 없이 생기는 두통이다. 뇌의 MRI나 CT 촬영을 실시해도 특별한 원인을 찾을 수 없다. 편두통과 긴장형두통이 대표적이고, 군발두통, 원발찌름두통, 원발운동두통 등이 포함된다. 두통의 95% 정도는 일차두통이다.

이차두통 : 다른 질환으로 인한 두통

이차두통은 두개강내질환(뇌종양, 뇌졸중, 뇌출혈, 뇌동맥류, 뇌수막염 등), 치과 질환(턱관절 장애 등), 이비인후과 질환(축농증, 중이염 등), 안과 질환(굴절 장애, 녹내장 등) 등에 의한 두통을 가리킨다.

20대 중반으로 접어들면서 내 편두통에 새로운 양상이 나타났다. 일반 진통제가 잘 듣지 않게 된 것이다.

당시엔 몰랐지만, 성인 편두통에는 일반 진통제가 효과가 없는 경우가 많다고 한다. 지금도 나의 편두통은 일반 진통제는 전혀 진통 효과가 없다. 마약성 진통제에 가까울 정도로 매우 강한 진통제 주사도 내 편두통을 가라앉히지 못한다. 편두통 특이 약물에 일반 진통제(그 가운데에도 나의 경우는 이부프로펜 성분)를 함께 복용할 경우 효과가 좋긴 해도 일반 진통제만으로는 아무런 효과가 없다.

10대 후반부터 7~8년 정도 복용해온 일반 진통제가 듣지 않게 되면서, 나는 다른 약을 찾아야 했다. 10대 후반부터 복용했던 진통제는 아세트아미노펜에 카페인 등이 추가된 복합 성분의 진통제였다. 물론 당시에는 그런 성분을 알고 약을 사먹지는 않았지만.

내 기억이 정확하지는 않지만, 90년대 후반 무렵 겉포장에 '편두통'이라는 병명이 적힌 진통제가 일반 의약품으로 처음 출시되었다. 당시 의학적 근거는 없이 내 두통이 편두통이라고 생각하고 있었기 때문에 나는 그 약을 구입해서 복용해보았다.

그 약을 처음 복용했을 때, 기존의 일반 진통제를 먹었을 때와는 다르게 온몸의 혈관으로 약 기운이 강하게 퍼지는 것을 느꼈던 기억이 아직도 생생하다. 아마도 나프록센 계열의 진통제가 아니었을까 짐작한다. 지금도 일반 의약품으로 판매되는 진통제 가운데 편두통 치료제로 소개되는 약들은 보통 나프록센 성분이기 때문이다.

기존에 복용하던 진통제와 다른 성분의 진통제였던 덕인지이 약도 일반 진통제였음에도 한동안은 효과가 있었다. 그러나 이 약 역시 그리 오랫동안 효과를 볼 수는 없었다. 사실, 효과가 1년 정도도 가지 않았던 것 같다.

편두통은 혈관이 비정상적으로 확장되어 생기는 통증이므로 혈관을 수축시키는 작용을 하는 약을 써야 가라앉았다. 그린 역힐을 하는 것이 편두동약, 정확히 표현해서 편두통 특이 약물이다. 편두통 특이 약물은 전문 의약품으로, 신경과 전문의의 처방을 받아서 복용해야 한다.

두 번째로 복용했던 일반 진통제로도 더 이상 두통이 가라앉지 않게 되자, 병원에 가서 약을 처방 받아 복용하기 시작했다. 신경외과나 내과, 두통을 전문으로 보는 신경과, 종합병원의 두통 클리닉 등 여러 병원을 다니면서 약을 처방 받아 복용했다. 당시에는 처방 받은 약이 어떤 약인지도 알지 못한 채, 알려고 하지 않은 채 그냥 복용했다. 의사가 어련히 알아서 나에게 필요한 약을 처방해줄까 믿었던 것 같다.

지금은 내가 먹는 약이 어떤 약인지, 성분이 무엇이며 용량은 얼마인지 철저히 따져가며 복용하지만, 몇 년 전까지만 해도 병원에서 의사가 처방하는 약이라면 아무 의문을 품지 않은 채 복용했다. 내가 30대에 10년 정도 신경외과 등에서 처방 받아 복용했던 약은 과연 어떤 성분의 약이었을지, 내 몸에, 내 두통에, 내 뇌혈관에 어떤 영향을 미쳤을지 뒤늦은 일이지만 궁금하기도 하다. 그 약들 덕분에 그 시간을 버텨내긴 했지만.

편두통은 발작이 시작된 후 되도록 빨리(가급적 1시간 이내) 자신에게 맞는 약물을 복용하는 것이 중요하다. 그래야 약효가 좋고 약물 복용 횟수도 줄일 수 있다. 복용 횟수는 한 달에 허용하는 범위(약물에 따라 다르나, 편두통 특이 약물은 한 달에 10일 이내)를 넘기지 않도록 한다. 그리고 약물 치료만큼 중요한 것이 일상생활에서 편두통 유발 요인을 최대한 피하는 것이다.

편두통 특이 약물

· 트립탄제 : 수마트립탄, 알모트립탄, 나라트립탄, 졸미트립탄 등. 대표적인 편두통 치료제로, 1990년대 초~중반에 개발되었다.
· 에르고타민제 : 1940년대에 개발된 가장 오래된 편두통 치료제로, 국내에는 카페인과의 복합 제제만 시판되고 있다.
· 전문 의약품이므로 의사의 처방에 따라 복용해야 한다.

아스피린, 아세트아미노펜, 이부프로펜, 나프록센 등 일반 진통제는 성인 편두통 환자에게는 효과가 약한 경우가 많다. 편두통 특이 약물과 함께 처방에 따라 복용하기도 한다.

급성기에 약물을 복용하는 치료 외에 예방 치료도 있다. 예방 치료에 대해서는 93쪽을 참고하기 바란다.

20대 후반에서 30대에 걸쳐서 병원에서 처방 받은 약을 먹는 것 외에 나름대로 두통을 치료하기 위해 여러 가지 노력을 했다.

우선, 머리가 아플 때마다 신경외과에 가서 진통제 주사를 맞고 물리 치료를 받았다. 당시에는 편두통에 대해 잘 알지 못했기에, 뒷머리가 뻣뻣하고 아픈 증상에, 나아가 나의 두통에 물리 치료가 도움이 될 거라 기대했다. 물리 치료 가운데에는 견인 치료(턱에 헝겊으로 된 기구를 걸고 머리를 위쪽으로 당기는 치료)도 있었다. 결론적으로 물리 치료는 나의 편두통에 도움이 되지 않았던 것 같다.

좀 더 본격적으로 진단을 받고 치료를 해야겠다는 생각이 들어서 종합병원의 두통 클리닉을 찾아 진료를 받기도 했다. 그러나 1999년에서 2000년 즈음 종합병원의 두통 클리닉은 아직 두통에 대해 전문적이고 체계적인 진료가 이루어지고 있는 느낌이 아니었다. 적어도 지금과 비교하면 그랬다. 한 번 방문하여 진료를 받긴 했지만 특별히 인상에 남는 기억이 없고 재진을 받지도 않은 걸 보면 그 기억이 맞을 것 같다.

사실 우리나라에 대한두통학회가 생긴 것이 1999년이다. 그러니 우리나라에서는 그 후로부터 두통 연구가 본격적으로 시작되었다고 보아도 틀리지 않을 것이다.

현재 편두통의 대표적인 급성기 치료제(편두통 특이 약물)인 트립탄 제제가 개발되어 환자들에게 처방되기 시작한 것도 1990년대 초반쯤의 일로 알고 있다.

따라서 내가 두통 클리닉을 찾았을 당시에는 급성기 치료제도 지금보다 다양하지 않았을 것이고, 편두통 예방 치료는 아마도 존재하지 않았을 것이다. 편두통 예방약들은 2000년대 중반부터 사용 허가가 나기 시작한 것으로 보이고, 보톡스 주사 치료는 2010년에 시작되었기 때문이다.

그러니 내가 당시에 두통 클리닉에서 별로 인상적인 치료를 받지 못했던 것은 어쩌면 자연스러운 일이었을지 모른다.

그로부터 몇 년 후에는 두통 권위자라는 대학병원 교수 출신 의사가 운영하는 신경과 의원에서 진료를 받고 뇌혈류 검사를 빈은 직도 있다.

이 병원에서 기억에 남는 일은 내가 편두통으로 인해 20년쯤 후에 뇌출혈이나 뇌졸중에 걸릴 위험이 있는지를 알아보겠다며 뇌혈류 검사를 했던 일이다. 적지 않은 비용을 내고 했던 검사였는데, 검사 결과 그럴 위험이 있지는 않다고 한 것 같긴 한데, 그게 정말 필요한 검사였는지, 뇌혈류 검사를 통해 편두통 환자가 20년쯤 후에 뇌출혈이나 뇌졸중이 일어날 위험이 있는지를 정말 알아낼 수는 있는 것인지 지금도 좀 의구심이 든다.

의사의 명성에 비해 조금은 실망스러웠던 진료 경험이다.

그 후에도 몇 번은 더 신경과에 가서 진료를 받은 일이 있지만 특별한 치료를 받은 기억은 없다. 아마도 당시에는 편두통 예방 치료가 아직 등장하기 전이어서 급성기 치료제를 처방하는 게 전부였기 때문에 그러지 않았을까 한다.

이즈음 신경과 진료에서 기억에 남는 일은 신경과 전문의가 진료를 하면서 통증이 어떻게 느껴지는지 물었던 일이다. 아마도 통증이 박동성으로 느껴지는지 알아내기 위해 그런 질문을 했을 것이다. 그러나 나는 당시에 편두통의 그런 특성을 알지 못했고, 편두통의 통증이 항상 박동성으로 느껴지는 것은 아니기 때문에(편두통의 통증이 덜 심할 때는 전체적으로 띵하거나 조이는 듯한 통증이 느껴지기도 한다) 그렇게 대답을 하지 못했던 것으로 기억한다. 그때 의사가 먼저 통증이 욱신욱신, 혹은 지끈지끈 느껴지거나, 혹은 머리가 쿵쿵 울리지 않느냐고 물었다면 "맞아요!" 하고 대답할 수 있었을 텐데.

병의원을 다녀도 진통제를 처방 받는 것 외에는 별다른 치료법이 없고 두통이 날로 심해져만 가자, 한방 쪽에서도 방법을 찾아보게 되었다. 진통제를 너무 자주, 너무 많이 먹는 게 부담스러워서 한의원에서 다른 치료 방법을 찾아보려고 애썼다. 침을 맞고, 물리 치료를 받고, 가끔은 뜸을 뜨고, 부항 치료를 받았다. 한약도 여러 번 지어서 먹었다.

한의원을 여러 군데 다녀보았는데, 가는 곳마다 하는 이야기가 같았다. 배는 따뜻하고 머리는 차가워야 하는데 배는 차고 정수리가 뜨거워서 장이 약하고 두통이 있는 거라고 했다. 그래서 머리의 열을 몸의 아래쪽으로 내려주는 한약을 여러 번 먹었다. 하지만 한 번에 보름 정도 먹는 한약을 몇 번 먹는다고 해서 편두통이 개선되지는 않았고 머리의 열이 배 쪽으로 내려오지도 않았다. 침 치료나 뜸 치료 같은 것도 나의 편두통에는 효과가 없었다.

지금 생각해보면 (어디까지나 이선 내 개인적 생각이다) 편두통은 선천적인 뇌혈관과 뇌신경 문제로 생기는 것이니 한약을 먹거나 침 치료를 받는다고 해서 개선되기는 어렵지 않을까 한다. 어깨와 목, 머리의 근육이 긴장하여 생기는 긴장형두통이라면 침 치료와 물리 치료가 효과가 있을지 모르지만.

이렇게 20대 후반에서 30대 후반에 걸쳐서 나름대로 신경과와 신경외과, 내과, 한의원 등을 다니면서 이런저런 치료를 받아보았지만 별다른 효과를 보지 못한 채 나의 편두통은 점점 더 심해져만 갔다.

편두통은 어떻게 진단할까?

편두통은 검사로 진단할 수 있는 병이 아니다. 증상으로 진단한다.

자신의 두통이 편두통인지 스스로 진단해볼 수 있는 기준이 몇 가지 있다. 우선 통증이 맥박이 뛰는 것과 같은 박동성으로, 욱신욱신, 혹은 지끈지끈, 혹은 쿵쿵 울리며 느껴지고, 움직이면 통증이 심해지며, 두통이 왔을 때 소화가 안 되거나 속이 불편하거나 구토가 나는 등 위장 장애가 있고, 빛이나 소리에 민감해지는 등의 증상이 있다면(밝은 빛이나 평소에는 괜찮던 소리를 참기 힘들어진다) 편두통일 가능성이 높다.

하지만 자가 진단보다는 신경과 전문의를 찾아 진료를 받고 정확한 진단을 받는 것이 안전하다.

편두통은 머리만 아픈 게 아니다. 편두통은 머리가 아픈 것 외에 다양한 증상들을 동반하고, 그런 동반 증상의 유무가 편두통을 진단하는 기준이 된다.

나는 언제부턴가 머리가 아프면 체한 듯 속이 불편하고 소화가 안 되어 음식을 먹기 힘들었다. 처음에는 그게 편두통 때문이라는 걸 알지 못했다. 그런데 편두통이 가라앉음과 동시에 신기할 정도로 언제 그랬냐는 듯 불편했던 속도 편해졌다. 그러기를 몇 번 반복하고 나서 속이 불편한 증상이 편두통 때문이 아닌지 의심하게 되었다. 그리고 정보를 찾아보고 나서 그게 편두통의 동반 증상이라는 걸 알게 되었다.

또한 편두통 발작이 오면 빛과 소리, 냄새에 모두 민감해진다. 특히 빛과 소리에 민감해진다. 전등 불빛이 너무 거슬리고 큰 소리가 듣기 싫어진다. 흔히 소음으로 분류하는 각종 소리들은 물론이고, TV 소리와 평소에는 즐겨 듣던 음악 소리마저 거슬려서 볼륨을 낮추거나 꺼버리게 된다. 그래서 심하게 머리가 아플 때는 약을 먹은 다음 불을 끄고 조용하고 어두운 방에 누워 있곤 했다.

이 2가지, 즉 위장 장애와 빛과 소리에 민감해지는 것은 편두통의 대표적인 동반 증상이다.

편두통 발작이 오면 소화가 안 되고 체한 듯 속이 불편하다. 속이 얹힌 느낌이 들고 울렁거리는 것을 넘어서서 구토를 하는 환자들도 있다.

또한 대부분의 편두통 환자들이 두통 발작이 오면 빛이나 소리에 무척 민감해진다. 이것을 빛공포증, 소리공포증이라고 표현하기도 한다. 실내의 조명도 몹시 거슬리고 소음과 큰 소리는 참기 힘들다. 그래서 편두통 발작이 오면 가능한 한 빨리 치료제를 복용한 다음 불을 끄고 조용한 실내에서 휴식을 취하는 게 좋다.

여기서 재미있는 것은 강한 빛이나 소리, 냄새는 편두통의 유발 요인이기도 하다는 사실이다. 이에 대해서는 뒤에서 더 자세히 살펴보기로 하자.

또한 편두통은 인구의 통증을 동반하기도 한다. 나도 앞머리나 옆머리가 아플 때는 눈이 같이 아플 때가 많다. 눈을 뜨기 힘들 정도로 아플 때도 있다. 신경과 혈관이 안구로도 연결되어 있기 때문에 그런 게 아닐까 생각한다.

어지러움을 호소하는 편두통 환자들도 있다. 나는 편두통 발작이 왔을 때 어지러움을 느끼지는 않는데, 어지러움을 심하게 느끼는 환자들은 사방이 빙글빙글 도는 어지러움을 느끼기도 한다고 한다.

한편, 편두통 발작이 오기 전에 나타나는 증상들도 있다. 이는 편두통이 올 것임을 미리 알려주는 증상이라 할 수 있는데, 몸에 전반적으로 나타나는 증상들도 있고, 부분적으로 나타나는 증상들도 있다.

편두통이 오기 2시간에서 48시간 전에 몸에 전반적으로 나타나는 증상은 전구 증상이라 하는데, 전구 증상으로 대표적인 것은 피로감과 함께 집중력이 저하되고 뒷목이나 어깨가 뻣뻣해지며 하품이 나오는 것이다.

나도 머리가 아프기 전에는 하품이 나오면서 전신에 피로감이 느껴지고 집중력이 떨어지며 뒷목이 뻣뻣하고 아픈 경우가 많다. 전체적으로 몸이 좀 피로하고 뒷목이 뻣뻣하고 통증이 느껴지면서 자꾸 하품이 나오면 편두통이 오려고 하는 구나, 하고 눈치 챌 수가 있다. 하품과 뒷목 통증, 집중력 저하는 편두통이 시작된 뒤에도 계속될 때가 많다.

신경이 예민해지고, 갈증이 나고, 오한이 느껴지며, 배뇨 빈도가 증가하고, 식욕이 저하하거나 증가하는 등의 증상도 편두통의 전구 증상으로 나타날 수 있다고 한다.

한편, 특정 부위에 나타나는 증상인 '조짐'이 있는 편두통 환자들도 있다. 전체 환자들 가운데 20% 정도에게서 편두통 발작이 오기 전에 조짐이 나타난다고 하는데, 대표적인 것이 눈앞에 불빛이나 점이 깜빡이거나 지그재그 모양의 선이 보이는 시각조짐이다. 얼굴의 한 부위나 팔, 손이 저리거나 바늘로 찌르듯 따갑거나 무딘 감각조짐도 있고, 말이 잘 안 나오거나 단어가 잘 떠오르지 않는 언어조짐도 있고, 일시적으로 팔다리에 힘이 빠지는 운동조짐도 있다.

이런 조짐이 있는 편두통을 '조짐편두통'이라고 하고, 조짐이 없는 편두통을 '무조짐편두통'이라고 한다.

나의 경우는 이런 조짐이 있지는 않다. 그래서 조짐편두통 환자들이 느끼는 조짐이 어떤 것인지 궁금하기도 하다.

편두통이 지나가고 난 뒤에도 하루 정도 남아 있는 증상이 있는데, 이를 후구 증상이라고 한다. 통증에 시달리고 난 뒤이므로 무기력감과 피로감이 느껴지고, 식욕이 별로 없고 기분이 좀 가라앉은 상태다.

편두통의 동반 증상

소화가 안 되고 체한 듯 속이 불편하고, 울렁거리고, 심한 경우 토하기도 하는 등 위장 장애가 있다. 이런 증상은 편두통이 가라앉으면 동시에 사라진다. 그리고 빛, 소리, 냄새에 무척 민감해진다.

편두통의 전구 증상

편두통 발작이 오기 2~48시간 전에 몸 전체에 나타나는 증상들이다. 피로감, 집중력 저하, 하품, 졸림, 목이나 어깨가 뻣뻣해지고 통증이 느껴짐, 신경이 예민해짐, 오한, 배뇨 빈도 증가, 식욕 저하나 증가, 갈증 등이 있다.

조짐

편두통 환자들 가운데 20% 정도에서 조짐이 나타난다. 눈앞에서 불빛이나 점이 깜빡이거나 맹점이 생겨서 점점 커지거나 지그재그 선이 보이는 시각조짐, 얼굴 일부나 손, 팔이 저리거나 따가운 감각조짐, 말이 잘 안 나오거나 단어가 잘 떠오르지 않는 언어조짐 등이 있다. 이런 조짐이 있는 편두통을 조짐편두통, 없는 편두통을 무조짐편두통이라고 한다.

후구 증상

편두통이 가라앉고 1일 정도 남아 있는 증상으로, 무기력감, 피로감, 식욕 부진, 기분 저하 등이 있다.

지금 나는 프리랜서로 일하고 있지만, 30대 중반까지는 직장 생활을 했다. 대기업에서 1년 정도 일하고 그만둔 후에는 출판사에서 일했다.

지금은 대부분의 기업에서 주 5일 근무제가 시행되고 있지만, 내가 직장 생활을 하던 시절에는 토요일에도 출근을 했다. 그리고 야근을 밥 먹듯이 하던 시절이었다. 대기업을 다닐 때는 신입사원이어서 특별한 업무를 맡아서 하는 건 아니었는데도 아침에 7시 반 정도까지 출근하여 거의 매일 야근을 했다. 내가 속했던 팀 분위기가 그랬다.

출판사에서 일했을 때도 야근은 일상적이었다. 당시에 모든 출판사가 그런 건 아니겠지만 내가 일했던 출판사들에서는 그랬다. 야근 수당 같은 것도 따로 없었다. 책 한 권의 편집이 끝나서 인쇄를 넘길 때가 가까워지면 특히 늦게까지 일했고, 인쇄를 넘기는 날에는 밤을 새워 일하는 경우도 적지 않았다. 그렇게 야근을 자주 하고 철야 근무까지 종종 하며 일요일 외에는 휴가도 며칠 없는 생활을 계속하다 보니 자연히 두통이 심한 날이 많았다.

게다가 직장 생활이라는 게 업무뿐만 아니라 대인관계로도 신경 쓰는 일이 많고, 긴장하고 스트레스 받는 일이 많을 수밖에 없다. 그래서 한 달에 한두 번 정도는 편두통이 너무 심해서 출근을 늦게 하거나 조퇴를 해야 했다(편두통이 한 달에 한두 번 발생했다는 뜻이 아니다. 편두통은 물론 그보다 훨씬 자주 발생했다). 내가 속한 부서에서는 내가 편두통 환자라는 사실을 모르는 사람이 없을 정도가 되었다.

결국 직장 생활을 계속하는 게 어려워졌다. 만성 통증을 앓는 사람들은 공감하겠지만, 언제 찾아올지 모르는 통증을 갖고 매일 10시간이 넘게 회사에서 일을 한다는 건 쉽지 않은 일이다.

그래서 나는 회사 생활을 그만두었다. 그리고 프리랜서로 일하기 시작했다. 프리랜서로 일하면서는 우선 아침에 자연스레 눈이 떠질 때 일어나도 괜찮으니 조금 늦게 자더라도 필요한 수면 시간을 맞출 수 있었다. 따라서 수면 부족이 줄어들고 수면의 질이 전보다 좋아졌다. 그리고 회사에 다니며 일할 때보다 업무가 줄지는 않았지만 조직 생활에서 오는 스트레스가 현저히 줄었다. 그 2가지 덕에 두통의 빈도와 강도가 조금은 줄어드는 것 같았다. 무엇보다도 프리랜서로 일하면서는 편두통 발작이 올 때마다 약을 먹고 휴식을 취하거나 바로 병원에 갈 수 있다는 것이 최대 장점이었다.

그러나 편두통은 내 몸이 타고난 질병이고 유발 요인도 무척 다양하므로 직장 생활을 하지 않는다고 해서 사라지는 것은 아니었다. 따라서 시간이 지남에 따라 병세는 서서히 다시 악화되었다. 사실 내가 한 살 두 살 나이를 먹어가면서 나의 편두통도 한 살 두 살 나이를 먹어갔고, 점점 까다롭고 예민하고 다루기 힘들어져갔다.

편두통의 통증은 어느 정도일까?

편두통 통증의 가장 큰 특징은 박동성이라는 점이다. 맥박이 뛰는 것처럼 욱신욱신, 지끈지끈, 혹은 쿵쿵 울리는 통증이다. 몸을 움직이면 머리가 울려서 통증이 더 심해지기 때문에 편두통이 있을 때는 일상생활도 어렵다.

심하지 않을 때는 통증이 박동성이 아닐 때도 있다. 머리가 누르거나 조이는 듯 아플 때도 있고, 전체적으로 띵한 통증이 느껴질 때도 있다. 그리고 칼로 찌르는 듯한 통증을 호소하는 환자들도 있다.

그렇다면 편두통의 통증은 어느 정도일까? 결론부터 말하자면, 편두통 통증은 출산의 고통과 비슷하거나 더 심하다.

대한두통학회가 2019년에 국내 11개 종합병원 신경과에서 진료를 받고 있는 편두통 환자 207명을 대상으로 실시한 설문 조사 결과에 따르면, 편두통 발생 시 가장 통증이 심했을 때의 통증 정도에 대한 질문에서 통증 정도를 1~10점으로 수치화했을 때 응답 환자의 통증 정도는 평균 8.78점으로 출산의 고통(7점)보다 더 심한 것으로 나타났다.

2017년에 미국의 제약회사 일라이 릴리가 미국 내 편두통 환자를 대상으로 진행한 설문 조사에서는 '일반적인 편두통'의 통증은 7.1점으로 골절 통증(7.0점)보다 높은 것으로 나타났다. 그리고 '극

심한 편두통'의 통증은 8.6점으로 출산(7.3점), 신장 결석(8.3점)보다 높게 나타났고, '환자가 경험했던 인생에서 가장 고통스러웠던 통증' 수치인 8.7점에 근접한 것으로 나타났다.

이처럼 편두통의 통증은 일반인들이 생각하는 것보다 훨씬 더 심하다. '두통은 누구나 한 번쯤 겪는 것 아냐?' '진통제 먹으면 되는 것 아냐?'라고 치부할 수 있는 수준이 아닌 것이다.

최근에 밝혀진 바에 따르면 편두통은 편두통에 민감한 뇌신경과 뇌혈관을 가진 사람에게 다양한 자극(두통 유발 요인)이 오면 뇌 속 삼차신경절에서 CGRP(칼시토닌 유전자 관련 펩티드)라는 신경전달물질이 나와서 그 결과로 뇌혈관이 확장되면서 통증이 생기는 거라고 한다. 그리고 그 자극은 다양하고 사람마다 다르다고 한다.

여기서 사람들이 흔히 오해하는 것 한 가지가 또 있다(한쪽 머리가 아프면 무조건 편두통이라는 오해 외에). 편두통이 머리가 아픈 것이다 보니 편두통의 가장 큰 원인 혹은 유일한 원인을 '정신적 스트레스'라고 생각하는 것이다. 스트레스도 편두통의 중요한 유발 요인이기는 하다. 그러나 그 외에도 여러 가지 유발 요인이 있다.

나를 비롯한 편두통 환자들이 흔히 듣는 말이 "마음을 좀 편하게 가져라." "스트레스를 너무 받지 마라." "너무 예민해서 두통이 자주 오는 것 아니냐?" 같은 말일 것이다. 이런 말들은 가뜩이나 몸이 아파서 힘든 편두통 환자들을 기운 빠지게 하거나 더 힘들게 하는 말일 수 있다. 스트레스를 받고 싶어서 받는 사람은 없다. 그리고 스트레스를 받지 않는 사람도 없다. 모두가 스트레스를 받고 살지만 스트레스에 취약한 질병을 가진 사람들은 안타깝게도 스트레스를 받을 때 그 질병이 발현되는 것일 뿐이다.

실제로 나는 얼마 전에 "너는 신경 쓰는 일도 없는데 왜 그렇게 머리가 아프니?"라는 말을 들은 적이 있다. 그 사람이 보기에 나는 신경 쓸 일 없는 태평한 삶을 사는 것처럼 보인 모양이다. 그렇게 보였다니 좋아할 일 같기도 한데, 이 세상에 신경 쓸 일 없는 삶을 사는 사람이 있을까? 그리고 설혹 신경 쓸 일이 없다고 하자. 그렇다고 해서, 즉 스트레스를 받지 않는다고 해서 편두통이 오지 않을까? 아니다. 편두통은 정신적 스트레스 외에도 수많은 유발 요인들로 인해서 생긴다.

나의 경우 처음 편두통이 시작되었던 초등학교 때부터 고등학교 때까지는 앞에서 말했던 것처럼 시험 날처럼 집중적으로 무언가에 신경을 쓰고 긴장할 때 머리가 아팠다. 일종의 스트레스가 두통 유발 요인이었던 셈이다. 그러던 것이 시간이 가면서 점점 다양한 요인들이 두통을 일으키게 되었다. 내가 나이를 먹으면서 나의 편두통도 나이를 먹고, 그러면서 점점 복잡해지고 예민해지고 까다로워졌다. 점점 더 만만하지 않은 존재가 되어온 느낌이다.

20대 이후로 나의 가장 큰 두통 유발 요인은 수면 부족이었다. 평소보다 잠을 절반 혹은 그 미만밖에 못 잔 날에는 반드시 편두통이 왔다. 그래서 출판사에서 일했을 때나 프리랜서로 일할 때도 일을 마무리하느라 잠을 부족하게 자거나 아예 못 자는 날에는 무조건 며칠은 두통에 시달렸다.

그 외에도 여행을 가는 날처럼 아침에 평소보다 몇 시간 일찍 일어나는 날도 무조건 편두통이 왔다. 그래서 내게 해외여행 첫날은 거의 항상 머리가 아팠던 기억으로 남아 있다. 여행 시간을 조금이라도 길게 하기 위해 가능한 한 이른 항공권을 예약했고, 그렇게 이른 시간의 항공편이 아니더라도 인천공항으로 가서 비행기를 타려면 대개 새벽에 일어나야 했기 때문에 절대적으로 수면이 부족했거나 아예 잠을 자지 못했던 것이다.

내게 있어 수면 부족 다음 가는 두통 유발 요인은 육체 피로다. 몸이 피곤할 때, 그래서 전체적으로 컨디션이 안 좋을 때 편두통이 올 때가 많다. 과로하거나 과도하게 운동을 해서 몸이 피로할 때도 두통이 올 수 있다.

과도한 운동이 편두통을 유발한다는 점도 눈여겨볼 만한데, 운동을 과하게 하면 편두통이 올 수 있기 때문에 나 같은 만성 편두통 환자들은 운동 시간도 1시간을 넘기지 않는 게 좋다. 실제로 지금 내 주치의는 나에게 하루 40분 이내로 걷기 정도의 가벼운 유산소 운동을 할 것을 권고하고 있다.

나는 걷는 것을 무척 좋아한다. 그래서 예전에는 한 번에 2시간이고 3시간이고 걸은 적도 많았다. 기분이 좋은 날은 기분이 좋아서 걸었고, 기분이 좋지 않은 날은 걸으면 기분이 나아졌기에 걸었다. 혼자 음악을 들으며 걸어도 좋았고, 친구와 이야기를 나누며 걸어도 좋았다. 특히 적당히 바람이 부는 날 혼자 이어폰으로 음악을 들으며 거리를 걷는 것은 나에게 큰 즐거움이었다. 행복했던 기억 가운데 서울이나 여행지의 거리를 걸었던 기억이 많다.

그런데 이제는 그렇게 걷는 것은 힘들어졌다. 1시간 넘게 걸으면 몸이 조금 피로해지려 하고, 1시간 반 정도가 되면 편두통이 올 것 같은 느낌이 든다. 지난 1년간 심해진 편두통 때문에 운동을 별로 못해서 체력이 떨어져서 그런 것 같기도 하니 슬슬 체력을 키워야겠다.

집중적으로 신경 쓰고 긴장하는 일 역시 어린 시절부터 나에게 편두통을 일으키는 큰 유발 요인 중 하나다. 미국의 심리학자 클리포드 라자러스(Clifford Lazarus)는 스트레스를 '인간이 심리적 혹은 신체적으로 감당하기 어려운 상황에 처했을 때 느끼는 불안과 위협의 감정'이라고 정의했다. 그런 스트레스 상황 중 하나라고 할 수 있을 것 같은데, 무언가에 집중적으로 신경을 쓰고 긴장할 때 나는 머리가 아프다. 중요한 시험이나 면접을 볼 때라든가, 익숙하지 않고 편하지 않은 사람들과 장시간 이야기를 해야 할 때라든가, 처음 본 사람과 1시간 이상 대화를 나눠야 할 때라든가.

나의 또 다른 두통 유발 요인은 강한 햇빛이다. 강한 햇빛을 받으면 두통이 오는 경우가 많아서 대부분의 사람들이 좋아하는 햇빛이 쨍하고 맑은 날씨는 언제부턴가 나에게는 마음 놓고 즐길 수 없는 날씨가 되었고, 심지어 조금은 두려워지기까지 했다. 특히 운전을 하면서 차 안에서 1시간 넘게 집중적으로 강한 햇빛을 받으면 어김없이 두통이 온다. 그래서 운전하는 것을 좋아하지만 햇빛이 강한 날은 운전을 피한다.

그리고 이건 편두통과 관련이 있는 건지 없는 건지 모르겠지만, 나는 어려서부터 오후 서너 시 정도의 고도가 낮은 햇빛을 싫어했고(해를 안고 걷다 보면 눈을 뜨기 힘들어지는 햇빛), 햇빛이 강한 날씨보다는 구름이 낮게 내려앉은 흐린 날씨를 좋아한다.

산소가 부족한 환경도 내게는 편두통을 일으킨다. 겨울에 온풍난방을 강하게 하는 실내나 히터를 작동한 차량 내부, 창문이 없는 건물(백화점 같은) 내부처럼 산소가 부족한 공간도 두통을 일으킨다. 특히 온풍난방을 강하게 하는 실내에는 15분 정도만 있어도 바로 편두통이 생긴다. 나는 공립 도서관에서 책을 읽거나 작업을 하는 것을 좋아하는데, 겨울에는 온풍난방 때문에 힘들 때가 많다. 겨울에 온풍난방을 하는 곳에서 작업을 할 때는 수시로 실외에 나가서 바람을 쏘이고 와야 한다.

강한 인공적인 냄새 또한 나의 두통 유발 요인 중 하나다. 휘발유를 비롯한 화학 물질 냄새, 담배 냄새, 짙은 향수 냄새 등이 대표적이다. 특히 자동차 실내에서 나는 여러 가지 화학 물질 냄새가 섞인 미묘한 냄새로 인해 편두통이 생기는 경우가 가장 많다. 그런데 신기하게도 내 차에서는 두통을 일으키는 냄새가 나지 않는다. 익숙해져서 그런 것일까? 컨디션이 좋지 않은 날은 내가 좋아하는 향수 냄새도 두통을 일으킨다.

또한 어깨에 무거운 가방을 메거나 조금 무거운 목걸이를 했을 때도 두통이 오는데, 이런 두통은 엄밀히 말해서 편두통이 아니라 어깨와 목의 근육이 긴장해서 오는 긴장형두통이라고 봐야 하지 않을까 생각한다.

이처럼 나에게 편두통을 일으키는 요인들은 다양하다. 이외에도 더 있는데 내가 아직 파악하지 못한 게 있을 수 있다.

나의 두통 유발 요인 외에 흔한 편두통 유발 요인으로 월경과 여성 호르몬, 음식, 공복 상태, 날씨와 기압 변화 등이 있다.

여성 편두통 환자의 4분의 3 정도가 생리 주기와 관련하여 편두통이 발생한다고 한다. 월경 기간에 편두통이 심해지는 경우가 흔하고, '월경편두통(menstrual migraine)'이라는 게 있을 정도다. 월경편두통은 보통 월경 시작 1~2일 전부터 시작되어 월경 기간 중에 발생하는 편두통이다.

이처럼 배란기와 월경 기간에 편두통이 심해지는 경우가 흔하고, 월경이 중단되는 임신 중이나 폐경 후에는 편두통이 호전되는 경우가 많다. 반대로 여성 호르몬 치료 중에는 편두통이 심해지는 경우도 있다. 이처럼 편두통은 여성 호르몬과 관련이 있다. 그래서 여성 환자가 남성 환자보다 약 2~3배 많은 것으로 추정한다.

특정 음식이 편두통을 일으키는 경우도 많다. 나도 아직 깨닫지 못했을 뿐 어떤 음식들이 두통을 일으키고 있을지 모른다. 그런데 몇 십 년이 지난 지금까지도 깨닫지 못한 걸 보면 알코올 외에 나에게 편두통을 일으키는 음식은 없는 걸로 생각하고 있다.

음식은 한 가지만 먹는 경우가 별로 없어서 어떤 음식이 편두통을 일으키는지 알아내기는 쉬운 일이 아니다. 그래서 식사 일기를 쓰는 게 도움이 된다. 몇 달 정도 식사 일기와 두통 일기를 같이 쓰면 어떤 음식이 두통을 일으켰는지 알아내는 데 도움이 될 것이다(두통 일기와 식사 일기에 대해서는 152~153쪽 참고).

나는 햇빛이 강한 날씨를 좋아하지 않는 것과 마찬가지로 우연인지 필연인지 술을 전혀 마시지 못한다. 술은 햇빛보다 더 강력한 두통 유발 요인이다. 편두통 환자인 내가 술을 좋아했더라면 얼마나 힘들었을까? 다행히 술을 좋아하지도 않고 마시지도 못하기 때문에 자연히 한 가지 두통 유발 요인은 피할 수 있었다.

과도한 카페인도 편두통을 일으킬 수 있다. 나는 커피 역시 그리 즐기는 편이 아니기 때문에 카페인이 편두통을 일으킬 수 있다는 사실을 알고 나서는 커피를 끊었다. 이제는 커피를 마실 일이 있으면 디카페인 커피를 찾아 마신다. 이 역시 다행이다. 내가 커피를 무척이나 사랑해서 하루에 몇 잔씩 마셔야 하는 사람이었다면, 편두통 환자로서 너무 슬프지 않았을까?

편두통을 일으키는 요인에는 어떤 것들이 있을까?

편두통을 일으키는 요인들은 여러 가지가 있고, 사람마다 다르다. 일반적인 요인들로 다음과 같은 것들이 있다.

- 수면 부족, 수면 과다
- 스트레스와 정신적 긴장
- 육체 피로
- 무리한 운동(특히 덥고 습한 날의 무리한 운동)
- 햇빛이나 밝은 조명
- 심한 냄새(화학 물질, 휘발유, 담배, 향수, 향신료 등)
- 공복
- 음식(술, 치즈, 초콜릿, 발효 음식, 식초에 절인 음식, 조미료, 과량의 카페인, 아질산염이 들어간 가공식품 등)
- 월경, 여성 호르몬 변화(배란기와 월경 기간에 편두통이 심해지는 경우가 흔하고, 월경이 중단되는 임신 중이나 폐경 후에는 편두통이 호전되는 경우가 많다. 반대로 여성 호르몬 치료 중에는 편두통이 심해지는 경우도 있다.)

유발 요인에 노출되더라도 건강 상태와 체력이 좋고 예방 치료를 받는다면 편두통 발작이 줄 수 있다. 따라서 유발 요인을 최대한 피하면서 체력을 키우려는 노력을 병행해야 한다.

10여 년간 여러 병원과 한의원을 다니며 이런저런 치료를 받아보았지만 별 효과를 보지 못했던 나는 머리가 아플 때마다 약을 먹으며 버티는 생활을 이어갔다.

2012년부터는 근처 내과에서 에르고타민 성분의 편두통약을 처방 받아 복용하기 시작했다. 처음에는 그게 어떤 성분의 약인지 알지 못했고, 알려고 하지도 않았다. 그 전에 다른 병원에서 처방 받아 먹던 약에 비해 효과가 있었기 때문에 고마운 마음으로 먹었던 것 같다. 효과가 좋을 수밖에 없었던 것이, 내 두통은 전형적인 편두통인데 그때 처음으로 편두통 특이 약물을 복용했던 것이다. 그러니 효과가 좋았을 수밖에 없다.

나중에 보니 그때 그 병원에서 처방해준 약은 총 5가지, 6알이었는데, 에르고타민 성분의 편두통 특이 약물, 아세트아미노펜 성분 일반 진통제, 근육 이완제, 신경 안정제, 위장약이었다. 필요하지 않은 것까지 너무 많은 종류의 약을 복용했다. 그것도 너무 장기간, 너무 자주. 2012년 중반쯤부터 2020년 4월까지 만 8년 가까운 시간 동안 평균 일주일에 2~3번씩 그 약을 복용했으니, 엄청난 양의 약을 먹으며 살아온 것이다.

지금 보면 그 가운데 일반 진통제와 근육 이완제, 신경 안정제는 긴장형두통 환자에게 필요한 약이고, 나는 에르고타민 성분 진통제만 먹어도 되었을 것이다. 그것 하나라도 너무 오래, 너무 자주 먹었다는 게 문제인데, 불필요한 약까지 너무 많이 먹어왔다.

내가 복용한 에르고타민 성분의 편두통약은 에르고타민타르타르산염과 카페인무수물로 이루어진 것인데, 그 2가지는 혈관을 수축시켜서 편두통을 가라앉힌다. 편두통은 뇌혈관이 확장되어 생기는 것이니 혈관이 수축되면 가라앉는다. 문제는 이 약은 뇌혈관만이 아니라 몸 전체의 혈관을 수축시킨다고 한다. 그리고 자주 복용할 경우, 혈관이 수축된 상태를 정상 상태로 여기고 정상 상태를 확장된 상태로 여겨서 약을 복용하지 않으면 두통이 일어나는 상태가 된다고 한다. 그러면 또 약을 먹어야 하고, 약을 안 먹으면 또 바로 두통이 오고, 하는 악순환이 시작되는 것이다.

나는 몇 년 동안 일주일에 두세 번씩 이 약을 복용하는 생활을 하고 난 후 바로 그런 상태가 되고 말았다. 이처럼 약물을 장기간 과도하게 복용한 결과 두통의 빈도와 강도가 증가한 상태를 '약물과용두통(medication-overuse headache)'이라고 한다. 아이러니하게도 두통을 가라앉히기 위해 사용한 약으로 인해 오히려 두통이 일어나는 상태가 된 것이다.

나는 에르고타민 성분 약을 복용한 지 4~5년 정도 되었을 때부터 약물과용두통 상태가 되었던 게 아닌가 한다. 그 약을 복용한 지 5년차였던 2016년 정도부터 두통 빈도가 너무 잦아졌고 강도도 심해졌다. 한 달에 14일까지 약을 복용한 적도 있다. 거의 하루걸러 한 번씩 머리가 아파서 약을 먹었던 것이다. 그 정도 상황이 되자 업무는 물론 일상생활도 제대로 하기 힘든 형편이 되었다.

결국 나는 위기의식을 느꼈고, 근본적인 편두통 치료를 해야 할 필요를 다시 느꼈다. 그래서 10여 년 만에 종합병원 신경과에서 제대로 진료를 받아보기로 했다.

두통을 치료하기 위해 진통제를 장기간 과량으로 사용한 결과 두통의 빈도와 강도가 증가한 상태를 말한다.

국제두통학회에서는 약물을 과도하게 복용(에르고타민과 트립탄, 복합 진통제의 경우 한 달에 10일 이상, 일반 진통제는 15일 이상 복용)하는 중에 두통이 발생하거나 악화하여 두통이 한 달에 15일을 초과하여 발생하거나 악화했으며, 과용했던 약물을 중단한 후 2개월 이내에 두통이 사라지거나 기존 양상으로 복귀하는 경우 약물과용두통으로 진단한다.

신경과 전문의가 약물과용두통으로 진단하면 복용하던 약물을 중단시키고 예방 치료를 병행하여 두통 발생 빈도를 줄이도록 치료한다.

약물과용두통이 되지 않도록 평소에 진통제의 남용을 피하고 의사에 처방에 따라 신중하게 약을 복용해야 하고, 약물과용두통이 의심된다면 신경과 전문의의 진료를 받아보자.

1차 예방 치료

그렇게 2017년 봄에 한 종합병원 신경과를 찾았다. 지인을 통해서 나보다 병력이 긴 한 만성 두통 환자가 이 병원에서 두통 치료를 받고 많이 호전되었다는 이야기를 들었다. 그래서 당장 진료 예약을 했다. 담당 의사는 국내 두통의 권위자 중 한 사람이었다.

진료 당일 내 차례를 기다리면서 몇 페이지에 달하는 설문지를 작성했다. 20년 가까운 시간 전에 처음 종합병원 두통 클리닉을 찾았을 때와 비교하면 훨씬 전문적이고 체계적으로 두통을 하나의 질병으로 다루고 있다는 것을 느낄 수 있었다. 이번에는 좋은 치료를 받을 수 있을지 모르겠다는 기대감이 싹텄다. 다른 만성 두통 환자가 이 병원에서 치료를 받고 호전되었다는 사실도 큰 희망을 갖게 했음은 물론이다.

두통 병력과 증상, 두통 유발 요인, 통증 정도 등을 묻는 긴 설문지에 답한 후 진료실에 들어갔다. 담당 의사는 내가 답한 설문지를 보고 몇 가지 질문을 했다. 당시 내가 아플 때마다 먹고 있던 약의 종류를 이야기하자(편두통 특이 약물과 일반 진통제 외에 근육 이완제와 신경 안정제, 위장약 등 5가지) 너무 많은 종류의 약을 먹고 있다며 조금 놀라는 눈치였다.

이어서 담당 의사는 보톡스 주사를 맞아본 적이 있느냐고 물었다. 지인에게 전해들은 환자의 사례를 통해 보톡스 주사가 편두통 치료 요법으로 쓰이고 있다는 정도는 알고 간 상태였다. 나는 맞아본 적이 없다고 대답했고, 담당 의사는 자세한 설명 없이 곧바로 머리 전체와 이마, 뒷목 등에 보톡스 주사를 놓았다. 진료 첫날 바로 주사 치료를 하는 것이 뜻밖이었다. 주사를 놓은 후에는 약을 처방해주었다. 예방약 총 3가지와 아플 때 먹는 편두통 특이 약물이었다. 편두통 특이 약물은 트립탄 성분 제제 가운데 하나였다.

그렇게 나는 만성 편두통 환자들이 하는 2가지 대표적인 '편두통 예방 치료'를 시작했다. 바로 예방 약물 치료와 보톡스 주사 치료였다.

기대를 품고 시작한 첫 번째 예방 치료는 그러나 안타깝게도 예방약의 심각한 부작용으로 이틀 만에 중단해야 했다. 아침저녁으로 복용해야 했던 예방약을 첫날 저녁에 복용하고 다음 날 아침에 복용했는데, 다음 날 하루 종일 의자에 기대 앉아 있을 기운도, 말할 기운도 없을 정도로 피로감과 무기력감이 심했다. 피로감과 무기력감이라고 말할 수준이 아니었다. 태어나서 처음 느껴보는 몸 상태였다.

그렇게 심한 부작용이 있을 거라고는 전혀 예상하지 못했고, 의사에게도 미리 주의 사항을 들은 바가 없었기 때문에 어떻게 해야 좋을지 몰랐다. 약을 계속 먹어도 되는 건지 걱정될 정도로 상태가 심각해서 병원에 전화를 했고, 간호사를 통해 담당 의사에게서 취침 전 1회 복용으로 바꾸라는 얘기를 들을 수 있었다. 지시대로 했으나 그 다음 날도 상태는 마찬가지였다. 어쩔 수 없이 단 이틀 복용 후 예방약을 중단할 수밖에 없었다.

그때까지 살면서 약의 부작용을 느껴본 적이 없었는데, 그 예방약의 부작용은 놀라울 정도였다. 나중에 알아보니 그 예방약들 가운데 하나가 베타차단제(프로프라놀롤염산염)였는데, 혈압을 떨어뜨리는 역할을 하는 베타차단제가 지나치게 혈압을 떨어뜨렸던 게 아닌가 조심스럽게 짐작해본다. 나머지 2가지는 토피라메이트 성분과 아미트리프틸린염산염 성분의 약이었다.

먹는 예방약은 단 이틀 복용으로 중단했지만, 보톡스 주사로도 예방 효과를 기대할 수 있을지 몰랐다. 그러나 보톡스 주사만으로는 예방 효과가 없었다. 주사를 맞고 나서도 그 전과 다르지 않은 빈도와 강도로 편두통은 꾸준히 찾아왔다. 나중에 알게 된 것이지만, 보통 보톡스 주사는 맞고 나서 열흘 정도부터 효과가 나기 시작해서 맞은 지 1개월에서 1개월 반 정도 사이가 효과가 최고이고 맞은 지 3개월 정도까지 효과가 지속된다고 한다. 그러나 당시 보톡스 주사는 나에게 편두통 예방 효과가 없었다. 지금도 예방약 복용과 보톡스 주사 치료를 병행하고 있지만 보톡스 주사의 효과는 솔직히 잘 모르겠다.

2차 예방 치료

그렇게 첫 번째 예방 치료는 실패로 돌아가고 나는 다시 머리가 아플 때마다 에르고타민 성분의 편두통약을 먹는 생활로 돌아갔다. 에르고타민 성분 편두통약이 듣지 않을 때는 병원에 가서 진통제 주사를 맞거나 트립탄 성분의 편두통약을 따로 처방 받아서 먹기도 했다. 그렇게 약물과용두통 상태로 2년 가까이 생활했다. 그러다 보니 자연히 다시 견디기 힘든 상태가 되었다. 그래서 2019년 4월에 다른 종합병원 신경과를 찾았다. 예약하고 4개월 가까이 기다린 진료였다.

이 병원에 갈 때는 10년 단위의 내 두통의 양상 변화, 현재 복용 중인 약, 지금까지 받은 치료, 두통 유발 요인, 약 부작용 경험, 기타 건강 상태 등을 A4 용지에 인쇄해서 가져갔다. 소위 '환자 소개서'였다. 병원에 환자 설문지가 없을 때를 대비해서 의사에게 효율적으로 내 상태를 설명하기 위한 것이었다.

이 병원 의사는 나 같은 중증 편두통 환자는 예방 치료를 해야 한다고 했고, 2017년에 부작용을 겪었던 예방약들을 제외하고 다른 예방약 3가지를 처방해주었다. 이 병원에서는 보톡스 치료는 실시하지 않는 것 같았다.

이 병원에서 처방 받은 예방약 3가지 중 하나는 변비를 극심하게 일으켜서(나는 안 그래도 변비가 심해서 평소에 매일 칼슘제를 복용하고 있다) 일주일 만에 중단했다. 그리고 나머지 2가지 예방약(플루나리진염산염, 디발프로엑스나트륨)은 체중 증가 부작용이 있었다. 한 달 만에 체중이 3킬로그램 넘게 증가했다. 약 때문에 식욕이 조금 증가하기도 했지만, 그만큼 식사

량이 늘지 않았는데도 한 달 만에 3킬로그램이나 체중이 늘었다. 그래서 담당 의사와 상의 끝에 두 달째부터는 디발프로엑스나트륨 성분 약만 아침저녁으로 두 알씩 복용했다.

그렇게 4개월간 꾸준히 약을 복용했다. 그런데 두통의 빈도와 강도는 처음의 두 달은 이전의 3분의 2 정도로 줄었을까, 나중에는 복용 전과 마찬가지였다. 몸무게만 4킬로그램 가까이 늘었을 뿐이었다.

이 병원의 의사 역시 첫 번째 병원 의사와 마찬가지로 약을 처방하면서 체중 증가 부작용에 대해 아무런 말을 해주지 않았다. 내가 첫 번째 병원에서의 예방약 부작용 경험을 이야기하자 그 성분을 피해서 처방해주었을 뿐, 새로 처방하는 약에 체중 증가라는 심각한(?) 부작용이 있을 수 있다는 말은 해주지 않았다. 다른 이유 없이 체중이 증가하는 게 이상해서 약의 설명서를 자세히 들여다보니 부작용 가운데 체중 증가가 있었고, 다음 진료 때 물었더니 "네, 편두통 예방약들이 원래 체중 증가 부작용이 있어요."라고 대답했던 기억이 난다.

갑자기 궁금해진다. 환자가 장기적으로 복용할 약의 부작용은 의사가 알려줘야 하는가, 약사가 알려줘야 하는가, 아니면 환자가 설명서를 읽고 스스로 알아내야 하는가? 아니면 몰라도 되는 것인가? 발생 가능성이 낮은 부작용까지 알려줄 필요는 없겠지만, 발생 가능성이 높은 부작용이라면 의사가 환자에게 미리 얘기해주고 대처 방법을 알려줘야 하지 않을까 하는 생각이 든다.

아무튼 이 병원에서 처방 받아 먹던 약의 편두통 예방 효과에 회의가 들기 시작할 무렵인 2019년 7월 말, 몇 달 전에 혹시 몰라서 예약해두었던 다른 종합병원 신경과의 예약일이 다가왔다.

약물 중단 치료

대부분의 종합병원은 처음 진료를 보려면 예약하고 몇 달은 기다려야 한다. 의사에 따라 1년 혹은 그 이상을 기다려야 하는 경우도 있다. 내가 두 번째 예방 치료를 했던 병원의 신경과와 약물 중단 치료를 시도했던 이 병원 신경과도 예약하고 각각 4개월 정도를 기다렸다.

편두통에 대한 정보를 제공하는 유튜브 영상을 찾아보던 중에 한 종합병원 신경과 의사가 출연하여 1시간 넘게 편두통에 대해 설명하고 자주 묻는 질문에 대답해주는 영상을 발견했다. 두통 전문의인 그 의사는 약물과용두통에 대해 이야기하면서 환자들에게 약물을 중단하는 치료를 실시하고 있다고 했다. 입원하지 않고 외래로 약물을 끊는 치료를 한다고 했다. 그래서 나는 당장 그 병원에 진료 예약을 했다.

사실 몇 년 전 TV의 건강 관련 프로그램에서 약물과용두통 환자들을 입원시켜서 약을 끊게 하는 치료를 실시하는 것을 본 적이 있다. 하지만 현실적인 이유로 일주일 이상 입원 치료를 받을 자신이 없었던 나에게는 입원하지 않고 약물 중단 치료를 받을 수 있다는 것이 무척 반가운 소식이 아닐 수 없었다.

그렇게 나는 2019년 7월 말에 그 병원을 찾았다. 이번에도 한 페이지짜리 빽빽한 '환자 소개서'를 인쇄해서 가져갔다. 하지만 큰 병원 신경과답게 여기서도 진료 전에 한 권의 소책자라 할 만한 설문지를 작성했다.

설문지를 작성하면서 알게 된 사실인데, 편두통 환자들 중에는 잦고 심한 통증 때문에 우울증을 겪는 사람들도 적지 않고 심하게는 자살 충동을 느끼는 사람들도 있다고 한다. 불행 중 다행으로 나는 하루걸러 한 번씩 심한 편두통을 겪는 나날 중에도 우울증을 겪지는 않았다.

이 병원의 담당 의사는 그동안의 내 병력과 치료 역사를 보더니 약을 너무 오랫동안 너무 많이 복용해왔다면서 당장 약을 끊어야 한다고 했다. "생각 같아서는 환자분 뇌를 꺼내서 깨끗하게 씻은 다음 다시 넣어주고 싶네요."라고 했다. 그럴 수만 있다면 나도 그러고 싶은 마음이었다. 편두통 특이 약물은 물론, 당시 복용하고 있던 예방약까지도 모두 끊으라고 했다. 편두통약이든 예방약이든 모든 약을 끊는 게 급선무라고 했다.

이 병원의 약물 중단 치료는 다음과 같이 진행되었다.

우선 병원에서 스테로이드 성분과 진통제, 진토제 성분의 주사를 정맥으로 20분가량 맞는다. 그리고 집으로 돌아와 스테로이드 알약을 일주일간 하루 3번씩 복용한다. 그 후 3주는 두통이 와도 진통제를 먹지 않고 버틴다. 편두통 특이 약물은 절대로 먹어서는 안 된다. 이렇게 총 4주를 두통이 와도 약을 먹지 않고 버티며 약을 끊는다.

스테로이드 알약을 복용하는 동안은 그 약이 진통 효과를 내기 때문에 두통이 오더라도 느끼지 못한다. 처음 일주일간 스테로이드 약을 처방하는 이유는 처음 일주일간은 반동 두통이라고 해서 더 심하게 편두통이 올 수 있고, 그래서 두통을 특히 참기 어렵기 때문이라고 한다. 그러나 그다음에는…?

일주일간의 스테로이드 복용 기간이 끝나고 24시간 정도가 지나자 바로 심한 두통이 찾아왔는데, 그것은 약을 먹지 않고 견딜 수 있는 수준이 아니었다. 그래도 약을 끊어보기로 결심한 이상 쉽게 포기할 수는 없었다. 하룻밤을 버텼지만 다음 날 두통은 더 심해졌다. 발을 디딜 때마다 심하게 울리는 머리와 앞을 보기 힘들 정도로 아픈 눈을 간신히 뜨고 동네 한의원을 찾았다. 한의원에서는 어깨에서부터 뒷목, 머리에 걸쳐서 특수한 약침을 놓고 물리 치료를 해주었다. 그러나 두통에는 전혀 차도가 없었다.

결국 이틀째 날 저녁, 몇 십 년 동안 두통을 앓아오면서 느껴 보는 가장 심한 통증으로 간단한 말을 하기도 힘들 지경이 되었다. 통증이 너무 심해서 눈물이 날 정도였다. 이마와 얼굴, 머리에 열이 올라 화끈거렸고, 안구의 통증이 너무 심하고 빛에 너무 민감해져 눈을 뜰 수 없었다. 무엇보다도 '이러다가는 내가 정신을 잃을 수도 있겠다.' 하는 생각이 들 정도로 점점 정신이 아득해졌다.

무서웠다. 담당 의사는 나에게 한 달 뒤 진료일에 오라고 하면서 이렇게 말했었다.

"아파도 참아야 해요. 절대로 약 먹으면 안 돼요. 아프다고 응급실 오고 그러면 안 돼요."

동증으로 정신이 혼미할 지경인 상태에서도 담당 의사의 그 말을 되새기며 참고 또 참았다.

　그러나 동시에 '참는다고 되는 걸까?' '이렇게 참으면 과연 이 두통이 가라앉을까?' '이러다가 잘못되면 어쩌지?' '정신을 잃을 수도 있을 것 같은데?' 같은 생각이 머릿속을 어지러이 맴돌았다.

　"참아야 합니다. 약 먹으면 안 됩니다."

　'참는 게 맞는 걸까? 참으면 가라앉을까? 이 심한 두통이?'

　이 2가지가 몇 시간을 싸운 끝에 결국 밤 12시가 다 된 시각에, 그러니까 두통이 시작되고 40시간 정도가 지났을 때쯤 나는 편두통약을 한 알 먹고 말았다. 더 이상 그 심한 통증을 견디기가 힘들었다. 무엇보다도, 그렇게 버티면 통증이 가라앉는다는 보장이 없었다. 내가 기억하는 한, 스무 살이 넘은 후로는 약을 먹지 않고 두통이 가라앉았던 적이 한 번도 없었다.

　지름이 1센티미터도 되지 않는 조그마한 편두통약 한 알을 물과 함께 삼키자 15분도 지나지 않아 거짓말처럼 그 심하던 통증이 가라앉았다. 금방이라도 정신을 잃을 것 같던 통증이 약 한 알에 그렇게 금방 사라지다니. 통증이란 건 대체 뭘까? 약이란 건 대체 뭘까? 그 새삼스럽고도 얄궂은 신비 앞에서 나약한 편두통 환자로서 패배감이 들었다.

정신이 들고 나니, 약을 끊는 치료에 실패했다는 슬픈 현실에 맞닥뜨려야 했다. 약을 끊는 치료에 실패했다는 건 약물과 용두통에서 (당분간은) 벗어날 수 없다는 뜻이다. 좌절감이 밀려왔다. 하지만 그때 약을 먹은 건 살기 위해 어쩔 수 없는 선택이었다. 그때로 다시 돌아간다면 나는 또 약을 먹을 수밖에 없을 것이다. 그날 내가 느꼈던 편두통은 30년이 넘는 내 편두통 역사에서도 가장 심했다.

그렇게 해서 다음 진료 예약일까지 3주 정도의 시간 동안 나는 예전처럼 머리가 아플 때마다 편두통약을 복용하는 생활을 계속했다.

다음 진료일에 사실대로 경과를 이야기하자 담당 의사는 이번에는 아플 때 먹을 약을 따로 처방해주었다. 편두통 특이 약물이 아닌 일반 진통제와 근육 이완제 등의 약이었다. 내 편두통은 일반 진통제는 듣지 않기에 조금 우려는 되었지만 그래도 아예 진통제가 없는 것보다는 조금 마음이 놓였다. 그리고 약사와의 상담을 통해 스테로이드 약을 첫 일주일에 모두 복용할 필요가 없고 2주에 걸쳐서 복용해도 된다는 사실을 알았다(스테로이드제는 2주 이내로만 복용하면 괜찮으므로). 그래서 두 번째 달에는 병원 진료일에 스테로이드 정맥 주사를 맞고, 그 후 2주에 걸쳐서 스테로이드 약을 먹으면서 편두통 특이 약물을 2주간은 복용하지 않을 수 있었다.

이번에도 스테로이드 약 복용이 끝나자 기다렸다는 듯이 24시간 정도 후에 편두통이 찾아왔다. 하지만 이번에는 병원에서 처방해준 진통제가 있었다. 그러나… 우려했던 대로 나의 편두통은 일반 진통제는 아무 소용이 없었다. 그리하여 안타깝게도 전 달과 똑같은 상황이 반복되고 말았다.

외래 진료를 통해 약을 끊어보려는 이 두 달간의 시도는 집에서 혼자 약을 끊는 것은 쉽지 않은 일임을, 나의 경우에는 불가능한 일임을 확인한 경험이었다. 두통을 근본적으로 치료해보겠다는 노력이 다시 한 번 높고 두꺼운 벽에 부딪친 기분이었다. 사실 이때는 입원해서 약물과용두통을 치료하는 방법을 제대로 알지 못할 때였기 때문에, '두통약을 끊는 일 자체가 불가능하구나.' 하고 생각하게 되었던 것 같다. 그래서 굉장히 큰 좌절감을 느꼈다.

두 차례의 예방 치료도 부작용만 있었거나 효과가 없었고 약을 끊는 치료도 실패하고 말았으니, 현재 존재하던 편두통 치료는 모두 시도해보았지만 효과가 없거나 실패한 셈이었

다. 그때 느꼈던 기분은 세 글자로 그야말로 좌. 절. 감. 그 자
체였다.

　이제 내가 기대할 것은 유전자 치료밖에 없는 건가 하는 생
각이 들었다.

편두통 예방 치료란?

편두통 예방 치료는 편두통 발생 빈도가 잦고 환자가 두통으로 인해 심한 장애를 느낄 경우 전문의와의 상의하에 실시한다. 만성 편두통 환자에게, 그리고 편두통이 만성으로 가는 것을 예방하기 위해 실시하는 치료다.

편두통 발생 유무와 관계없이 매일 약물을 복용하는 약물 치료와, 만성 편두통 환자들에게 추가로 실시하는 보툴리눔 독소(보톡스) 주사 치료와 CGRP(칼시토닌 유전자 관련 펩타이드) 표적 항체 주사 치료가 있다.

예방 치료는 편두통의 빈도, 강도, 지속 시간을 줄여주고 편두통 치료제의 효과도 높여준다. 예방 치료를 한다고 해서 편두통이 아예 생기지 않는 것은 아니다. 예방 치료를 받는 중에도 편두통이 생기면 급성기 치료제를 복용해야 한다.

만성 편두통 chronic migraine

3개월 이상 한 날에 15일 이상 두통이 발생하고, 두통이 있는 날 중 8일이 편두통이며, 한 달에 10일 이상 두통약을 복용할 때 만성 편두통으로 본다. 한편, 월 14회 이하로 두통이 발생하면 삽화 편두통(episodic migraine)으로 본다.

예방 치료와 편두통약을 끊는 치료가 모두 실패로 돌아가고, 2019년 9월 이후로 다시 아플 때마다 편두통약을 먹으며 버티는 나날이 이어졌다.

에르고타민 성분의 편두통약은 복용한 지 만 7년이 넘어가자 약효가 오지 않는 경우도 늘었다. 그래서 트립탄 성분의 편두통약을 따로 처방 받아 2가지를 번갈아가며 복용하기 시작했다. 2020년 3월 무렵부터는 두통의 빈도와 강도가 더욱 심해져서 거의 약으로 버티는 지경에 이르렀다. 약효로 하루를 버티고 그다음 날 또 아파서 또 약을 먹고, 또 약효로 하루를 버티는 식이었다. 머리가 심하게 울리는 박동성 통증이 너무 심해서 내 뇌혈관에 문제가 있어도 크게 있다는걸 분명히 느낄 수 있었다.

2020년 4월 들어서는 약을 먹어도 며칠씩 두통이 가라앉지 않았다. 약을 먹고 거기에 진통제 주사를 맞아도 가라앉지 않았다.

두려웠다. 약을 먹어도 통증이 가라앉지 않는다면 이제 어떻게 해야 하는 걸까? 평균 수명만큼 산다고 할 때 앞으로 몇십 년을 어떻게 살아야 할지 알 수 없었다.

그때, 몇 년 전 TV 건강 프로그램에서 보았던 편두통 환자를 입원시켜 약물 중단 치료를 실시하는 병원이 다시 떠올랐다. 일주일 이상 업무를 중단하더라도 입원해서 치료를 받아보는 것이 한 달의 절반을 아파서 누워 있는 것보다는 훨씬 나은 것이 당연했다. 아무리 효과를 장담하지 못한다고 해도 진작 그런 결정을 내리지 못한 자신이 너무 미련하게 느껴졌다.

운이 좋았다. 목요일에 예약 전화를 했는데 다음 날 바로 진료가 가능하다고 했다. 종합병원 진료를 바로 다음 날 볼 수 있었다니, 하늘이 도왔던 게 아닌가 하는 생각이 들 정도다.

그렇게 금요일 오전에 진료를 갔다. 이번에도 '환자 소개서'를 출력해서 갔다. 주치의는 내 환자 소개서를 본 다음 내 상태에 대해 몇 가지 질문을 하고 이런저런 설명을 한 후 바로 입원 치료를 권했다. 입원해서 편두통약을 끊고 몸속의 약 성분을 씻어내는 치료를 하자고 했다. 금요일이니 주말 지나고 바로 월요일에 입원을 하기로 했다. 나는 주말에라도 바로 입원을 하고 싶어 간호사에게 따로 문의했지만, 빈 병상이 없다고 했다.

집에 와서 입원 당일인 월요일 오후까지 하고 있던 업무를 마무리했다. 그동안도 머리는 계속 아팠다. 토요일과 일요일 이틀 연속 편두통 특이 약물과 일반 진통제를 복용하며 버텼다. 입원 당일인 월요일에도 머리가 아팠지만 그날은 약을 먹지 않고 참았다. 입원을 하면 약을 끊어야 하니 그날은 약을 먹고 싶지 않았다. 그래서 쿵쿵 울리는 고통스러운 머리를 안고 오후 4시에 입원을 했다.

입원

2020년 4월 27일 월요일. 태어나서 처음 입원이란 걸 했다. 그 이유는 역시 평생 나를 힘들게 해온 편두통이었으니, 자연스럽다고 할까 이치에 맞는다고 할까.

입원 병동 959호실, 5인실의 문 바로 옆자리인 5번 침대가 내 자리였다. 병실에는 침대마다 작은 냉장고가 딸려 있었고 병실 가운데에 TV가 없는 대신 침대마다 태블릿 PC가 달려 있었다. 최신 병실 풍경이었다.

입원했을 때도 통증은 여전히 심했다. 입원 수속을 한 후 간호사와 담당의(레지던트)가 내 상태에 대해 여러 가지 질문을 하는데, 대답하기도 눈을 뜨기도 힘들었다. 간호사는 현재 통증을 1부터 10(10이 사람이 느낄 수 있는 최악의 통증) 사이로 매긴다면 몇이냐고 물었고, 당시 내 대답은 8이었다. 그 후로도 입원 기간 동안 두통이 있을 때마다 이 질문을 받았다.

환자복으로 갈아입은 후 수액을 맞기 시작했다. 수액은 총 10일의 입원 기간 중 7일 동안 맞았는데, 몸속에 쌓인 편두통약을 씻어내는 역할을 하는 거라고 했다.

편두통 특이 약물은 중단하기 시작했기 때문에, 통증을 가라앉히기 위해서 수액과 함께 진통제 주사(케토롤락트로메타민염)를 맞았다. 무척 강한 진통제라고 하는데, 이 주사를 맞았음에도 두통은 잠깐 가라앉는 것 같다가 바로 원상 복귀되었다. 역시 나의 편두통은 아무리 강한 진통제라도 일반 진통제는 효과가 없었다.

입원 첫날 저녁부터 토피라메이트 성분의 예방약을 복용하기 시작했다. 첫 번째 예방 치료 때 복용했던 3가지 약 중 하나여서 혹시 부작용이 있을 수도 있었지만 다행히 입원 당시에는 부작용을 느낄 수 없었다(함께 복용했던 스테로이드 제제 덕분이 아닌가 한다).

이렇게 입원 첫날부터 몸속의 편두통 특이 약물 성분을 씻어내는 치료와 아울러 예방 치료도 시작했다. 아침저녁으로 토피라메이트 제제를 1알(25밀리그램)씩 복용하는 예방 치료는 이때부터 지금까지 계속하고 있다.

여기서 잠깐 당시 주치의이자 현재 내 주치의에게 감사한 점. 감사한 점이 여러 가지 있지만 그 가운데 하나가 약을 과도하게 처방하지 않는다는 사실이다. 예방약을 이전 병원들에서는 3가지씩 처방했던 것과 달리 지금 주치의는 1가지만 처방한다. 그리고 편두통 특이 약물도 0.5알부터 처방하고, 필요한 경우 1알을 복용하게 하는데, 오랫동안 많은 약을 복용해서 약물과용두통 상태까지 갔던 내 입장에서는 반갑고 고마운 일이 아닐 수 없다.

입원 2일차

둘째 날도 두통은 계속되었다. 통증 강도도 7 정도로 여전히 심했다. 입원 둘째 날부터는 아침에 스테로이드 약을 복용했다. 2019년에 다른 병원에서 약을 끊는 치료를 했을 때 스테로이드 제제를 복용하게 했던 것과 비슷한 게 아닐까 한다. 다만 이 병원에서는 스테로이드 약의 처방 기간이 짧았고 용량도 적었다. 6일간 하루 1회만 복용했고, 용량도 처음 3일은 30밀리그램, 그 후 2일은 20밀리그램, 마지막 1일은 10밀리그램으로 줄여가면서 복용했다. (이전에 갔던 병원에서는 일주일간 하루 3회씩 동일한 용량을 복용하도록 했다.)

둘째 날은 종일 통증과 싸웠다. 어차피 편두통 특이 약물은 복용할 수 없는 상황이었고, 진통제 주사는 별 효과도 없지만 그나마도 가능한 한 참다가 맞고 싶었다. 병실 창밖으로는 남산서울타워가 정면으로 바라다보였다. 퇴원하고 나면 아프지 않은 머리로 내가 좋아하는 남산에 다시 갈 수 있겠지 생각하며 통증을 참았다.

여담이지만 입원 생활이 즐거웠던 이유 중 하나가 병원의 위치였다. 창밖으로 보이는 남산서울타워와 서울 시내 풍경은 병원에 갇혀 있는 조금 답답할 수 있던 현실에 큰 위로가 되어주었다.

하루 종일 심한 두통을 견디다가 밤 9시쯤 진통제 주사를 맞았다. 예상대로 통증이 바로 가라앉지는 않았다. 애써 통증을 잊고 잠자리에 들었다.

입원 3일차~7일차

입원 셋째 날 아침, 자리에서 일어나니 머리가 맑았다. 이렇게 머리가 맑은 게 얼마 만인지 알 수 없었다. 지난 몇 년간은 워낙 자주 머리가 아팠고, 머리가 아프지 않은 날도 머리가 맑지 않고 늘 머리가 조금은 무겁거나 뿌옇거나 어딘가 살짝이라도 띵한 느낌이었다. 오랜만에 머리가 맑으니 몸이 날아갈 것 같았다.

두통이 사라진 건 전날 밤에 맞은 진통제 주사 때문이 아니라 전날부터 복용하기 시작한 스테로이드 약 때문이었다고 생각한다. 2019년에 약을 끊는 시도를 처음 했을 때도 스테로이드 약을 복용하는 동안에는 두통이 전혀 오지 않았기 때문이다. 스테로이드라는 건 참 대단하면서도 무섭다는 생각이 새삼 들었다. 스테로이드에 부작용이 없어서 평생 스테로이드로 내 두통을 다스릴 수 있다면 얼마나 좋을까 하는 부질없는 생각도 잠깐 했다.

입원 4일차에는 편두통 예방 치료의 일환으로 보툴리눔 독소(보톡스) 주사 치료를 받았다. 예전에 한 번 맞고 효과를 보지 못했지만, 처음부터 새롭게 치료를 받아본다는 마음으로 주치의의 치료 계획에 따르기로 했다. 머리 전체와 뒷목, 이마, 미간 등 편두통이 일어날 때 통증이 느껴지는 모든 부위에 보톡스 주사를 맞았다.

보톡스 주사는 10일 정도 뒤부터 효과가 나타나기 시작해서 주사를 맞고 30일에서 45일 사이에 효과가 최대였다가 그 후 서서히 효과가 감소한다고 한다. 그래서 90일 정도마다 새로 맞는다. 그리고 환자에 따라 다르지만 보통 5~6회 정도 시술한다고 한다. 이것이 만성 편두통 예방 치료로서의 보톡스 치료법이다. 모두 주치의가 시술 전에 자세하게 설명해준 내용이다. 주치의는 보톡스 주사 치료가 국민건강보험이 적용되지 않는다는 사실까지 알려주었고(그래서 비용이 꽤 든다), 시술 후에는 24시간 정도 머리를 감지 말라는 주의 사항을 전하는 것까지 잊지 않았다. 내가 의사에게 기대했던 모습이 바로 이런 것이었다.

입원 3일차부터 7일차까지는 스테로이드 덕분에 아주 좋은 컨디션으로 생활했다. 스테로이드 덕도 있지만, 태어나서 처음으로 일을 하지 않고 쉬면서 밤 10시쯤 자고 아침 5시쯤 일어나며 하루 세 끼 시간 맞춰 건강에 좋은 식사를 하는 생활을 했으니 컨디션이 좋지 않을 수 없었다. 좋아하는 음악을 계속 듣고, 입원 기간에 읽으려고 가져간 책 외에도 병원에 있는 작은 도서관에서 책을 3권이나 읽었다. 코로나19의 영향으로 면회는 자제하는 분위기였고 한 번에 한 명씩밖에 허가되지 않았지만 친구들이 병원으로 찾아와 이야기를 나누고 가기도 했다.

내가 읽으려고 가져갔던 책은 유시민 작가의 『국가란 무엇인가』였다. 이 책 외에 병원에서 책을 3권이나 더 읽을 수 있었던 사연은 다음과 같다. 입원 3일차부터 두통이 사라지고 컨디션이 좋아지자 나는 병원 탐방 겸 산책에 나섰고, 입원 병동 옆 건물에 작은 도서관이 있다는 것을 알게 되었다. 그리고 수액을 꽂은 채로 매일 그 건물에 가서 한두 시간씩 책을 읽었다(자리를 비울 수 있는 시간이 그 정도였다).

거기서 읽었던 책들 가운데 하나는 박완서 작가의 수필집 『노란집』이었고, 두 권은 간호사가 직접 쓰고 그린 간호사에 대한 책이었다. 입원 생활을 할 때 환자가 가장 자주 접하는 사람들은 간호사다. 나도 24시간을 병원에서 생활하다 보니 간호사들이 어떻게 일을 하는지 좀 더 자세히 알고 싶어졌다. 그러던 차에 병원 도서관에서 우연히 간호사에 대한 책들을 발견했다. 한 권은 류민지 작가의 『안녕, 간호사』였고 한 권은 최원진 작가의 『리얼 간호사 월드』였다. 간호사들이 직접 그리고 쓴 이 책들을 통해 간호사는 어떤 과정을 통해 탄생하며 어떻게 일을 하는지, 고충은 무엇인지 조금은 알 수 있었다.

그 후로도 두 작가의 SNS 계정을 팔로우하며 간호사의 업무 및 삶과 관련한 만화를 보고 있다. 입원 생활을 통해 예전에는 잘 몰랐던 세계를 조금은 엿볼 수 있게 된 점도 흥미롭고 감사하다.

셋째 날부터는 같은 병실에 어떤 환자들이 있는지도 알게 되었고, 다른 환자들이나 간호사들, 다른 환자의 간병인과도 대화를 나누게 되었다. 내가 있던 층은 신경과와 신경외과, 재활의학과의 입원 병동이었고, 내가 있던 병실에는 주로 뇌경색 환자들이 입원해 있었다. 나와 같은 두통 환자는 없었다. 그러나 입원 기간 중에 친해진 한 간호사에게 들으니 나처럼 입원 치료를 받는 편두통 환자들이 적지 않다고 한다. 그런데 그 간호사가 2년 정도 그 병원에서 일하며 본 바로는 입원 치료를 받는 편두통 환자는 모두, 100% 여성이었다고 한다. 역시 편두통 환자는 여성이 더 많은 것이 확실한 것 같다.

친구들과 지인들이 나의 입원 사실을 알게 되었을 때는 모두들 무척 놀라는 눈치였다. 다들 내가 편두통 환자라는 건 알고 있었지만 입원까지 해서 치료를 받으리라고는 생각하지 못했을 것이다. 사실, 편두통을 입원해서 치료한다는 것이 그들에게는 무척 낯설었을 것이다. '편두통을 입원해서 치료해? 입원해서 뭘 어떻게 치료하나?' 이런 느낌이 아니었을까. 오랜 편두통 환자인 나도 편두통 치료법 가운데 입원 치료가 있다는 걸 알게 된 게 얼마 되지 않은 일이었으니, 그들에게는 더욱 막연하게 느껴졌을 것이다.

그런데 병원으로 친구들이 나를 만나러 왔을 때 나는 스테로이드 제제의 영향으로 무척 좋은 컨디션을 누리고 있었다. 그래서 걱정스런 마음으로 찾아왔을 그들이 보기에 나의 모습은 예상과 달랐을 수 있다.

입원 시절을 떠올리니, 당시 병실에 입원해 있던 환자들과 보호자들이 침대에 달려 있던 태블릿 PC로 한참 인기 있던 미스터트롯 진 임영웅의 영상을 찾아보던 소리들, 휴게실에 모여앉아 TV로 〈부부의 세계〉를 보던 환자들과 보호자들, 간병인들의 모습이 떠오른다. 나는 그때 임영웅이라는 가수를 이름밖에 알지 못했는데, 당시 병실에서 커튼 너머로 다른 환자들이 어찌나 임영웅을 외쳐대던지, 퇴원 후에 궁금해져서 그의 노래를 찾아서 들어보았다. 그리고 그때 그 병실의 분위기를 이해할 수 있었다.

입원 시절을 떠올리면 당시에 함께해주었던 노래들을 기억하지 않을 수 없다. 입원 시절에 특히 자주 들었던 노래들은 BTS의 〈작은 것들을 위한 시〉, 〈00:00〉, 〈Inner Child〉, 〈Moon〉 등 〈MAP OF THE SOUL : 7〉 수록곡들, BTS의 슈가가 함께 만들고 피처링한 아이유의 〈에잇〉, 장범준의 〈흔들리는 꽃들 속에서 네 샴푸향이 느껴진 거야〉 등이었다.

〈Inner Child〉를 들으며 언젠가 야외 대형 공연장에서 서늘한 밤공기 속에 그 풍부한 사운드를 듣는 상상을 했고, 〈에잇〉을 크게 틀고 가로수 사이로 햇살이 부서지는 거리를 자동차로 달리는 상상을 했다. 〈00:00〉의 "이 노래가 끝이 나면 새 노래가 시작되리, 좀 더 행복하기를…" 하는 대목에서는 입원 생활이 끝이 나면 좀 더 행복한 새 삶이 시작되리라고 믿었다. 지금도 이 노래들을 들으면 그 시절이 떠오른다. 그리운 시간이다.

입원 8일차

아침 일찍 수액 투여가 종료되었다. 그동안 24시간 팔에 주사 바늘을 긴 채 생활하느라 조금 불편했지만 막상 수액을 빼다니 섭섭했다. 몸 안의 약 기운을 가능하다면 더, 남김없이 빼

내고 싶었다.

스테로이드 복용은 입원 7일차 오전으로 종료되어서 8일차 오전부터는 몸에서 스테로이드 성분이 거의 빠져나간 상태였다. 편두통 발작이 올 것 같아서 조금씩 불안해지기 시작했다. 아니나 다를까, 8일차 저녁때부터 조금씩 두통 기운이 나타나기 시작했다. 두통 없던 평화로운 6일이 막을 내리고 있었다.

입원 9일차

두통이 심해졌다. 진통제 주사를 오전 6시경과 오전 11시경 등 두 차례 맞고 오후 5시쯤에는 이부프로펜 성분 진통제를 2알 먹었지만 어느 것도 효과가 없었다. 역시 일반 진통제는 소용이 없다는 것만 확인했다. 다음 날 퇴원 예정이었는데, 과연 퇴원을 할 수 있을지, 퇴원을 해도 되는 것인지, 나도, 주치의도 걱정이었다.

결국 밤 12시 반쯤 당직 중이던 담당의의 허락을 받아 트립탄 계열 편두통 특이 약물 0.5일을 투약 받았다. 그리고 30분도 되지 않아 30시간 넘게 나를 괴롭히던 두통은 가라앉았다.

입원 10일차 - 퇴원

약을 먹고 두통이 가라앉은 후 잠들었다가 새벽에 일찍 잠에서 깼다. 두통은 가라앉았지만 3시간 정도밖에 자지 못한 탓에 머리가 무거웠다. 수면 부족은 나의 첫 번째 두통 유발 요인인지라 걱정이 되었다. 걱정스러운 마음과 무거운 머리를 안고 오전 10시 반쯤 퇴원을 했다. 입원 10일차였다.

약 안 먹고 견디기

우려했던 대로 퇴원한 날 오후부터 머리가 아프기 시작했다. 그러나 입원 기간부터 해서 3주에서 4주 정도는 약을 끊는 기간이니 5월 하순까지는 편두통약을 먹지 않는 게 좋았다. 주치의는 약을 아예 먹지 말라고는 하지 않았고, 참기 힘들 때 먹으라고 했다. 나는 퇴원 전날 부득이하게 편두통 특이 약물을 0.5알 복용했기 때문에 더 이상 약을 먹고 싶지는 않았다.

그래서 한번 참아보기로 했다. 몸속에 오랫동안 쌓인 에르고타민 약 성분을 입원 기간 동안 빼냈기 때문에 이번에는 2019년에 약을 끊어보려 시도하던 때와는 조금 다르지 않을까 하는 기대도 있었다. 그리고 편두통 발작이 최대 72시간까지 지속된다는 연구 결과를 이 즈음에 접했던 것도 한번 참아보기로 결심한 데에 영향을 주었다. 정말 최대 72시간까지, 그러니까 만 3일까지 참으면 그 고통스러운 통증이 약을 먹지 않아도 저절로 사라지는 것인지 궁금했다. 한 번쯤은 직접 실험해보고 싶었다.

그래서 3일 동안 약을 먹지 않고 참고 버텼다. 업무도, 집안일도 하지 않고, 머리를 쓰거나 몸을 쓰는 일은 아무것도 하지 않은 채 침대나 소파에 누워서 3일을 버텼다. 3일 동안 계속 잠을 잘 수는 없었지만 머리가 아파서 책도 읽을 수 없었고, 눈이 아파서 스마트폰도 들여다보기 힘들었다. 편두통이 있을 때는 소리도 거슬리기 때문에 TV를 보는 일도 쉽지 않았다. 어떻게든 시간을 보내야 했기에 라디오를 틀어놓고 누워 있거나 소리를 죽여놓은 TV 화면을 보다 말다 하며 시간을 보냈다. 통증 때문에 입맛도 없고 음식을 준비하는 것도 힘들어서 식사는 하루에 두 끼 정도를 간신히 했다.

그렇게 3일이 지나고 나흘째 되던 날. 잠자리에서 눈을 뜨면서 본능적으로 머리의 통증을 가장 먼저 감지했다. 그런데? 달랐다. 전날과 달랐다. 머리가 아프지 않았다. 자리에서 일어나서 느껴보아도 아프지 않았다. 통증이 없었다. 약을 먹지 않았는데도 두통이 사라진 것이다. 약을 먹지 않고 두통이 가라앉는 게 가능한 일이었다.

약을 먹지 않았는데 그 고통스럽던 두통이 사라졌다는 사실이 믿기지 않았다. 처음 경험하는 일이었기에 너무 신기했다. 그리고 너무 기뻤다. 3일간 통증을 버텨냈다는 사실에 스스로가 대견했다. 몸에 기운은 여전히 없었지만, 머리에서 통증이 사라지니 몸이 그 어느 때보다도 가볍게 느껴졌다.

그렇게 약을 안 먹고 두통이 가라앉는 체험을 한 것은 기쁘지만, 쉽지 않은 시간이었다. 그 3일 동안 몸무게가 2킬로그램 넘게 빠졌다. 식사를 제대로 하지 못하기도 했고, 통증에 시달리느라 몸이 많이 상했던 것 같다. 실제로 며칠 사이에 얼굴 살이 많이 빠지고 눈두덩이 심하게 꺼져서 회복되지 않으면 어쩌나 몹시 걱정이 될 정도였다. 나중에 주치의에게 이야기하니 앞으로는 그러지 말고 아플 때는 약을 먹으라고 했다.

퇴원 6개월 후

퇴원한 시 이세 6개월이 넘었다. 지금은 예방 치료를 하면시 두통이 올 때는 처방 받은 급성기 치료제(트립탄 계열의 편두통 특이 약물, 이부프로펜 성분의 일반 진통제, 위장약)를 함께 복용하고 있다.

현재 내가 받고 있는 예방 치료는 예방약 복용과 보톡스 주사 치료다. 토피라메이트 25밀리그램을 아침저녁으로 1알씩 복용하고 있고, 3개월 간격으로 보톡스 주사 치료를 받고 있다. 토피라메이트는 초기에는(스테로이드 제제 복용 중단 후) 부작용이 조금 있었다. 피로감과 손끝 저림이었는데, 한 달 정도 지나면서 부작용이 사라졌다.

지금은 입원 전에 비해 두통의 빈도도 많이 줄었고 강도도 약해졌다. 퇴원 후에는 편두통 발작이 온 날이 적었던 달은 5일, 가장 많았던 달은 11일, 평균 7일 정도이고, 급성기 치료제 복용 횟수도 평균 6회 정도로 유지하고 있다. 이틀 연속 머리가 아플 때는 둘째 날은 약을 먹지 않고 참으려고 한다. 그러면 가라앉는 경우가 많다. 약물과용두통으로 돌아가고 싶지 않아서 머리가 아플 때마다 매번 약을 먹지는 않으려고 한다. 예방 치료 덕분에 통증 강도가 전보다 약해져서 약을 먹지 않고 참는 일이 어느 정도는 가능해졌다. 예전 같으면 불가능한 일이다.

지금은 입원 치료를 받은 지가 얼마 되지 않았고 예방 치료도 받고 있으니 상태가 괜찮지만, 시간이 지나면서 지금보다는 편두통 발작 빈도와 강도가 증가할 가능성이 있다. 안 그럴 수도 있고 안 그러기를 바라지만. 그래서 상태가 괜찮은 지금은 가능한 한 약물에 많이 의존하지 않으려고 한다.

입원 전과 비교하면 지금은 거의 낙원 같은 나날이다. 2017년부터 지난 4월까지의 날들을 떠올리면 요즘 같은 생활을 할 수 있다는 것이 얼마나 꿈만 같고 감사한지 모른다. 나처럼 약물과용두통 상태에 처한 만성 편두통 환자들을 입원시켜 약물 중단 치료를 실시해주는 병원이 있고 의사가 있다는 사실이 얼마나 고마운지 모른다. 불과 6개월 전만 해도 앞으로 남은 삶을 어떻게 살아가야 할까 앞이 보이지 않던 것을 생각하면 지금 이 상황이 믿어지지 않기도 한다.

아쉬운 것은 입원 기간 동안의 건강한 생활 습관을 퇴원 후에도 유지하고 싶었지만 그러지 못하고 있다는 점이다. 퇴원하고 날이 갈수록 점점 생활 습관이 이전으로 돌아가고 있다. 입원 기간 동안은 밤 10시~11시 정도에는 잠들었고(다른 환자들은 9시 정도부터 취침한다), 아침에는 5시쯤 간호사가 혈압을 잴 때 잠에서 깼다. 그리고 7시, 12시, 6시에 무척 건강한 식사를 했다. 입원 기간 동안은 병원에서 주는 식사와 약간의 과일 외에는 아무것도 입에 대지 않았기 때문에, 당연히 인스턴트 음식도 커피도 전혀 먹지 않았다. 사람 몸이 참 신기한 것이, 그렇게 열흘 정도를 생활하자 퇴원 후에도 상당 기간 동안은 전혀 인스턴트 음식이 당기지 않았다. 그래서 석 달 정도는 그렇게 좋아하던 라면을 한 번도 먹지 않았다.

내 두통 유발 요인 중 가장 큰 것이 수면 부족과 수면의 질이 좋지 않은 것인데, 안타깝게도 나는 늦게 잠자리에 드는 습관을 갖고 있다. 초등학교 때부터 밤 12시 전에 잠자리에 든 일이 거의 없다. 20대 이후로는 보통 새벽 2시 무렵에 잠을 잤고, 일을 하다 보면 그보다 늦게 자는 날도 허다했다. 그런데 다음 날은 7~8시쯤 일어났기 때문에 수면 시간이 늘 조금 부족했다. 그런데 나이가 들수록 그즈음 잠을 자면 머리가 무겁다. 그러나 너무 오랜 세월 몸에 밴 습관이어서 일찍 잠자리에 들기가 여간 어려운 것이 아니다. 퇴원 후 한 달 정도는 12시쯤 잠자리에 들었는데, 언제부터인지 다시 슬슬 취침 시간이 늦어지더니… 그래서 이제 가능한 한 1시쯤에는 잠자리에 들려고 노력하고 있다.

편두통 치료에서 급성기 치료나 예방 치료만큼 중요한 것이 생활 습관을 건강하게 유지하는 일이다. 어차피 예방 치료는 평생 할 수 있는 것도 아니고, 생활 속 곳곳에 두통 유발 요인이 숨어 있기 때문에 건강한 생활 습관을 유지하고 체력을 길러서 유발 요인을 최대한 자극하지 않아야 한다. 그래야 한 없이 예민한 편두통이라는 친구를 최대한 자극하지 않으면서 사이좋게 살아갈 수 있다.

그런 의미에서 오늘은 반드시 새벽 1시 전에 불을 끄고 누 워보자.

두통의 날이 있다는 걸 아는가? 우리나라에서는 매년 1월 23일이 두통의 날이다. 대한두통학회가 2016년에 1월 23일을 두통의 날로 제정했다. 두통의 심각성과 치료의 중요성을 알리기 위해서다. 그리고 해마다 두통의 날을 즈음하여 '두통도 병이다'라는 구호 아래 다양한 두통 인식 개선 캠페인을 벌이고 있다. 전국 20개 대학병원에서 두통 환자 연구와 함께 두통 건강 강좌를 진행해왔고, 라디오 공익 광고를 진행하기도 했다. 그리고 대한두통학회에서는 해마다 두통 이야기 공모전도 진행한다.

Part 2

편두통이라는
오랜 벗과
사이좋게 살아가기

내가 입원해서 치료를 받은 후에 주변 사람들이 많이 오해했던 것이 입원해서 치료를 받았으니 이제 두통이 다 나은 것 아니냐는 것이었다. 그랬다면 얼마나 좋을까. 그들에게 나는 "편두통은 완치가 불가능한 병이에요."라고 매번 설명했다. 그러면 모두가 조금 놀라는 반응을 보였다. 편두통으로 입원했다는 얘기를 들었을 때만큼.

　편두통은 현재로서는 완치가 불가능한 병이다. 간혹 오랫동안 앓던 편두통이 상당히 호전되는 경우도 있지만, 치료를 통해 없앨 수 있는 병이 아니다. 대부분의 경우 편두통은 체질적으로 뇌신경과 뇌혈관이 지닌 특성으로 인해 타고나는 질환이며, 치료와 생활 습관 관리를 통해 조금 나아지게 할 수 있을 뿐, 완치할 수 있는 병이 아니다.

편두통이 완치가 불가능한 병, 말하자면 불치병이라고 해서 좌절할 필요는 없다. 불치병이고 일상생활에 큰 지장을 주는 힘든 병이기는 해도 편두통으로 목숨을 잃지는 않는다. 그리고 자신에게 맞는 치료제와 치료법을 찾아서 꾸준히 치료하고 평소에 생활 습관을 잘 관리하면 각자의 상황에서 최선의 컨디션으로(편두통이 없는 사람들의 입장에서 최선의 컨디션은 아니다) 생활할 수 있다.

나도 입원 치료를 받고 퇴원했지만 편두통 치료가 끝난 것이 아니다. 하지만 약물과용두통을 치료하고 나에게 맞는 예방약으로 예방 치료를 시작했기에 입원 전에 비해 무척 좋은 상태로 생활하고 있다. 이제 생활 습관을 잘 관리하고 체력을 키워야 한다. 그렇게 편두통이라는 예민하기 짝이 없는 친구를 가능한 한 자극하지 않으며 살아야 한다.

다른 편두통 환자들도 자신에게 맞는 치료제와 치료법으로 꾸준히 치료 받고 생활 습관을 슬기롭게 잘 관리하면 편두통에서 벗어나지는 못해도 괜찮은 컨디션으로 생활할 수 있을 것이다.

편두통과 완전히 헤어지려는 것을 목표로 해서는 안 된다. 그런 부질없는 꿈을 꿔서는 안 된다. 편두통은 떼려야 뗄 수 없는 내 몸의, 내 삶의 일부라는 사실을 받아들여야 한다. 편두통과 함께 사이좋게, 평화롭게 살아가는 것을 목표로 해야 한다.

편두통은 인류 역사 초기부터 알려졌던 병으로, 기원전부터 여러 문헌에 편두통에 대한 기록이 등장한다. 기원전 16세기에 기록된 고대 이집트의 의학 문서인 에베르스 파피루스에 이미 편두통에 해당되는 내용이 기록되어 있고, 서양 의학의 선구자인 고대 그리스의 의사 히포크라테스도, 또 다른 고대 그리스의 의사 소라누스도 편두통에 대해 기술했다.

고대 그리스의 의학자 갈레노스는 한쪽 머리가 아프고, 빛과 큰 소리를 참지 못하고, 움직이면 통증이 더해지며 안구까지 통증을 느끼는 오랫동안 지속되는 두통을 hemicrania라고 칭했다. 편두통과 특징이 상당히 일치한다. hemicrania라는 단어는 hemi(절반)와 crania(두개골)가 합해진 '한쪽 머리'라는 뜻으로, 이것을 한자로 옮긴 것이 편두통(偏頭痛)이다. hemicrania는 후에 hemigranea로 변했고, 프랑스어로 migraine으로 번역되면서 영어로도 migraine으로 정착되었다고 한다.

(참고 https://www.migraine-matters.com/history-of-the-migraine-part-four-galen/)

편두통과 헤어질 수 없다고 해서, 편두통이 불치의 병이라고 해서, 물론 치료하거나 개선하려는 노력도 하지 않고 방치해서는 안 된다. 포기해서는 안 된다. 편두통과 사이좋게 살아가기 위해서는 꾸준히 치료하고 관리해야 한다.

우리나라의 경우 2018년 현재 전체 인구의 16.6% 정도가 편두통을 경험하는 것으로 추정된다고 한다(대한두통학회의 2018년 편두통 유병 현황과 장애도 조사 결과). 우리나라 인구가 5,200만 명 정도이니, 국내 편두통 환자 수는 860만 명 가까이 되는 것으로 추산할 수 있다. 물론 이것은 아마도 일 년에 한두 번 정도만 편두통을 경험하는 사람들까지도 포함된 숫자가 아닐까 생각한다. 어쨌든 생각보다 많은 수가 편두통을 경험하며 살고 있다.

그런데 실제로 병원에서 치료를 받고 있는 편두통 환자 수는 2019년 기준 57만 명 정도라고 한다(건강보험심사평가원 보건의료 빅데이터 개방 시스템 기준). 추정되는 환자의 10분의 1도 안 되는 수만이 병원에서 치료를 받고 있다고 볼 수 있다. 편두통이 아주 가끔만 와서 병원 치료까지는 필요하다고 느끼지 못하는 사람들도 적지 않을 수 있다. 그렇더라도 860만 명 가운데 57만 명만이 병원 치료를 받는 건 너무 낮은 비율이 아닐까 한다.

편두통 치료가 제대로 이루어지지 않는 이유가 뭘까?

가장 큰 이유는 아마도 편두통을 치료가 필요한 질병이라고 생각하지 않는 인식 때문일 것이다. 대부분의 사람들이 살아가면서 적어도 한두 번은 겪는 것이 두통이다. 그래서 편두통을 포함한 두통을 질병으로 생각하지 않는 풍조가 여전히 존재한다. 내가 처음 편두통을 앓기 시작했던 시절은 물론이었지만, 지금도 편두통을 전문적인 치료가 필요한 병이라고 생각하지 않는 인식이 많다.

주변에 보면 스스로 편두통이 있다고 말하면서도 병원 치료를 받고 있지 않은 사람들이 종종 있다. 그냥 약국에서 진통제를 사 먹으면서 견딘다. 그들이 병원에서 편두통으로 진단을 받은 건 아니기에 정말 편두통 환자인지 어떤지는 알 수 없다. 하지만 두통 환자인 건 확실한데, 편두통의 가능성이 있음에도 제대로 진단도 받지 않고 치료도 받지 않고 있는 것이다.

여기에는 편두통에 대한 제대로 된 인식이 매우 낮은 것도 한몫하는 것 같다. '편두통'이라는 이름에는 익숙하지만 정작 편두통이 어떤 질환인지 제대로 아는 사람은 별로 없다. 앞서 여러 번 지적했듯, 편두통이라는 이름이 불러일으키는 오해 때문에 머리가 아플 때 한쪽만 아프면 편두통이라고 생각하기 쉽다. 하지만 체해서 머리가 아플 때도 머리의 한쪽만 아플 수 있고, 긴장형두통도 머리 한쪽만 아플 수 있다. 그러나 체해서 아픈 머리나 긴장형두통과 편두통은 통증의 이유가 다르기 때문에 치료 방법도 달라야 한다. 편두통은 편두통 특이 약물로 치료해야 효과가 빠르고 약물 남용도 막을 수 있을 것이다. 일반 진통제만 복용하면 약효도 보지 못한 채 병만 악화시킬 수 있다.

그런데 나의 경우를 생각해보면 편두통도 증상이 너무 심해지면 결국 병원에 가서 진료를 받을 수밖에 없다. 나는 편두통이 시작되고 10여 년 후부터 일반 진통제가 듣지 않게 되었다. 그래서 병원을 찾아서 처방약을 복용하기 시작했다. 그러니 편두통을 앓고 있으면서도 병원 치료를 받지 않는 것은 아직 증상이 그리 심하지 않거나 빈도가 잦지 않다는 의미일 수도 있다.

편두통 치료가 제대로 이루어지지 않는 또 하나의 이유는 정확한 진단이 이루어지지 못하고 있기 때문이 아닐까 한다. 편두통 환자라면 신경과 전문의에게 제대로 진단을 받고 편두통에 맞는 치료를 받아야 하는데, 병원에 가더라도 신경과에 가지 않는 경우가 적지 않을 수 있다. 신경과는 개인 병원이 그리 많지 않아서 접근성이 낮다. 그래서 두통이 있는 경우 내과나 가정의학과 등에 가기가 쉽다. 그러면 정확한 진단을 받기 어렵고, 그러면 제대로 된 치료를 받기 어렵다.

나도 그랬다. 처음 갔던 병원은 그나마 신경과와 비슷한 신경외과였는데, 정확히 편두통 진단을 받고 편두통에 맞는 치료를 받지는 못했던 것으로 기억한다. 그 후로 오랫동안 다니며 약을 처방 받았던 병원은 내과였다. 그 병원 의사는 소화기 내과 전문의였고, 나중에 알게 된 것이지만 나에게 편두통 특이 약물과 일반 진통제, 근육 이완제, 신경 안정제, 위장약 등을 한꺼번에 처방했다. 즉, 편두통 환자를 위한 약과 긴장형두통 환자를 위한 약을 동시에 처방했다.

또한 편두통 진단이 내려졌어도 제대로 된 치료를 받지 못하는 경우도 있을 것이다. 환자에게 치료제나 치료법이 맞지 않거나 치료를 인내하지 못하는 경우 등이 있을 수 있다. 나도 몇 차례 치료에 실패해본 경험이 있기 때문에 그런 환자들의 상황이나 심정을 이해할 수 있다.

앞에서도 얘기했지만 나는 예방 치료에 몇 차례 실패했다. 예방약 부작용 때문이었다. 편두통 예방약은 여러 가지가 있고 부작용도 무척 다양하다. 그래서 자신에게 맞는 예방약을 만날 때까지 나처럼 시간이 걸릴 수 있다. 또한 나는 약물과용두통도 첫 번째 치료 시도는 실패했다. 그때의 좌절감은 이루 말할 수 없었다. 하지만 두 번째 치료 시도에서 다행히 약물과용두통에서 벗어날 수 있었다.

치료제나 치료법이 처음에 잘 맞지 않아도 포기하지 말고 다른 치료법이나 치료제를 찾아보고 새로운 것을 시도해보면 언젠가 자신에게 맞는 것을 분명히 만날 수 있다. 그러니 결코 포기하지 말기 바란다.

편두통은 질병이다. 그때그때 진통제로 넘길 수 있는 증상이 아니다. 통증이 무척 심할 뿐 아니라 일상에 큰 장애를 가져오는 심각한 뇌질환이다. 적절한 치료와 예방을 하지 않고 아플 때마다 진통제에만 의존하면 안 된다. 그렇게 장기간 방치하다 보면 점점 두통은 심해지고, 그러다 보면 삶의 질이 한없이 떨어지고 심각한 상황에 이를 수 있다. 그 생생한 사례가 바로 이 책의 1부에 담겨 있다.

뇌질환이라고 하면 뇌종양이나 뇌출혈, 뇌졸중 같은 병만 생각하기 쉽다. 하지만 편두통도 뇌질환이다. 뇌혈관과 뇌신경이 통증을 일으키므로 뇌질환이 맞다. 그리고 내가 알기로 편두통 급성기 치료제는 주로 뇌혈관에 작용하고, 편두통 예방 치료제는 뇌신경과 뇌혈관에 작용한다.

나 자신 오랜 병력을 지닌 편두통 환자이자 여러 가지 치료의 시행착오를 겪어온 사람으로서 두통 환자들에게 꼭 당부하고 싶은 말은, 한 달에 한두 번, 혹은 일 년에 몇 번이라도 반복적으로 두통을 앓는다면 반드시 신경과 전문의를 찾아가서 자신의 두통이 어떤 두통인지 정확히 진단을 받고 자신에게 맞는 치료 방법을 의사의 지시에 따라 실천하라는 것이다. 그것이 두통이 만성화하고 악화하는 것을 막을 수 있는 최선의 길이다. 그렇게 하면 편두통을 완전히 없앨 수는 없어도 편두통 발생을 최소화하면서 건강하게 생활할 수 있다.

학술지《랜싯》에 실린 2010년 세계 질병 부담 연구(The Global Burden of Disease Study 2010)에 따르면, 전 세계 인구의 14.7%, 즉 10억 명 정도가 편두통을 앓는 것으로 추정된다. 남성은 약 11%, 여성은 약 19%다. 두통 전문 학술지《두통(Cephalalgia)》2010년 5월호에 실린 논문「만성 편두통의 전 세계적 유병률(Global Prevalence of Chronic Migraine: a Systematic Review)」에 따르면 만성 편두통 환자는 전체 인구의 1.4~2.2% 정도 되는 것으로 추정된다.

우리나라의 경우, 대한두통학회가 2018년에 국내 성인을 대상으로 실시한 편두통 유병 현황과 장애도 조사 결과를 보면 유병률이 16.6%로 나타나 전체 인구 중 860만 명 정도가 편두통을 경험한 것으로 나타났다. 한편 병원에서 치료를 받고 있는 편두통 환자수는 2019년 기준 57만 명 정도로 확인된다(건강보험심사평가원 보건의료 빅데이터 개방 시스템 기준).

편두통은 10대 중반에서 20대 초반에 시작되는 경우가 가장 많고, 사춘기 이전에는 남아와 여아의 비율이 비슷하지만 사춘기 이후에는 여성들이 더 많아져서 성인기 이후에는 여성 환자가 남성 환자보다 약 2~3배 더 많다.

모든 질병 치료의 첫걸음은 정확한 진단이다. 무슨 병인지 알아야 그에 맞는 치료를 할 것이기 때문이다. 두통도 마찬가지다. 만성적으로 두통이 있는 경우, 자신의 두통이 편두통인지, 긴장형두통인지, 군발두통인지, 혹은 턱관절 장애 등의 치과 질환이나 축농증 등의 이비인후과 질환 등으로 인한 두통인지 정확히 진단을 받고 그에 맞는 치료를 전문의에게 받아야 한다. 약국에서 진통제만 사다 먹거나 동네 의원에서 함부로 처방 받아 전문 의약품을 남용하면 병을 키우거나 향후 심각한 문제로 발전할 수 있다.

편두통이라는 이름은 우리 사회에서 무척 친근하다. 평소에 두통이 자주 있는 사람은 흔히 "나도 편두통이 있어."라고 말한다. 하지만 그렇게 말하는 사람들 가운데 절반 이상은 실제로는 긴장형두통 환자일 가능성이 높다. 다른 질환으로 인해 생기는 두통이 아닌 일차두통(원발두통)은 편두통과 긴장형두통이 각각 절반 정도를 차지하는데, 긴장형두통이 조금 더 많기 때문이다. 긴장형두통은 심한 스트레스나 긴장된 자세 때문에 뒷목이나 뒷머리, 머리 전체에 생기는 두통이다.

참고로 학술지 《랜싯》에 실린 2010년 세계 질병 부담 연구에 따르면, 전 세계 인구의 20.77%, 즉 14억 명 정도가 긴장형두통을 앓는 것으로 추정되니 전 세계 인구의 14.7%에 해당하는 편두통 환자보다는 긴장형두통 환자가 조금 더 많은 것으로 보인다.

이처럼 편두통이 아닌데 스스로를 편두통 환자라고 생각하는 경우는 적지 않을 수 있다. 그런데 편두통 환자가 아닌 사람이 편두통약(편두통 특이 약물)을 장기 복용하면 어떻게 될까? 물론 이럴 가능성은 높지 않다. 편두통 특이 약물은 의사의 처방을 받아야 복용할 수 있는 전문 의약품이기 때문이다.

그러나 내 주변에서 편두통 환자가 아닌 사람이(이 사람은 증상 등을 볼 때 긴장형두통 환자로 보인다) 내과 의원에서 편두통 특이 약물과 기타 약물을 함께 처방 받아 복용하는 사례를 본 적이 있으니 불가능한 일은 아니다. 아무튼, 편두통 특이 약물은 뇌혈관이 확장되어 통증을 느끼는 편두통 환자의 뇌혈관을 수축시켜서 통증을 가라앉히는 역할을 한다. 그런데 편두통이 아니어서 확장되지 않은 뇌혈관을 편두통 특이 약물로 수축시킨다면? 그것도 반복적으로? 내가 전문가가 아니어서 정확히 알 수는 없지만 좋지 않은 영향을 받으리라는 것은 짐작할 수 있다.

반대로 편두통 환자가 일반 진통제만 계속 복용한다면 어떻게 될까? 일반 진통제는 성인 편두통 환자에게 별로 효과가 없는 것으로 알려져 있다. 나도 20대 중반부터는 일반 진통제가 듣지 않았다. 진통제가 잘 듣지 않으니 환자는 점점 더 많은 양의 진통제를 복용하게 될 것이고, 점점 더 강한 진통제를 찾게 될 것이다. 그러다 보면 제대로 통증을 관리하지도 못한 채 약물 과용 상태가 되고 병을 더 키울 수 있다.

편두통의 전구 증상(편두통 발작이 오기 2~48시간 전에 몸의 전반에 걸쳐 나타나는 증상으로, 몸의 일부 부위에 나타나는 '조짐'과 다르다) 가운데 뒷목이나 어깨가 뻣뻣해지고 통증이 느껴지는 것이 있다. 이 증상이 편두통 발작이 진행되는 중에 계속되는 경우도 있다. 나도 그런 증상이 전구 증상으로 자주 나타나고 편두통이 온 뒤에도 계속될 때가 많다. 그런 경우 어깨와 뒷목, 머리의 근육이 긴장해서 생기는 긴장형두통으로 생각하는 경우도 있는 것 같다. 하지만 편두통의 주요 진단 기준인 박동성 통증, 속이 불편한 위장 증상, 빛, 소리, 냄새 등에 민감해지는 증상, 움직일 때 통증이 심해지는 것 등을 종합적으로 보고 판단해야지 뒷목이 뻣뻣하고 아프다고 해서 긴장형두통이라고 생각해서는 안 된다. 물론 이런 자가 진단보다는 신경과 전문의의 진료를 받고 정확한 진단을 받아야 함은 물론이다.

편두통 진단을 받고도 제대로 된 치료를 받지 못하거나 받지 않는 사람들 또한 많다. 편두통을 전문적으로 치료하는 병원이 생각보다 많지 않기도 하고(개인 병원 가운데에는 특히 많지 않다), 편두통이라는 병이 치료 효과가 크지 않다고 느낄 수 있기 때문이다. 즉, 통증을 가라앉히더라도 언제든 또 편두통 발작은 일어나기 때문에 병원에서 치료를 받는 것에 회의적이 되기 쉽다.

또한 자신에게 맞는 급성기 치료제와 예방 치료제를 만나는 것도 쉬운 일이 아니다. 특히 예방 치료제 가운데 예방 약물은 부작용이 많아서 자신에게 맞는 예방 약물을 만나기까지는 상당 기간의 시행착오가 필요할 수 있다. 그 기간 동안 포기하지 않아야 한다.

나도 편두통 진단을 받고도 자의 반 타의 반으로 오랫동안 제대로 된 치료를 받지 못한 경우라 할 수 있다. 내가 편두통을 앓았던 초기에는 편두통 급성기 치료제도 지금처럼 다양하지 않았고, 두통으로 병원에 간다는 생각 자체도 거의 없었다. 그리고 내가 처음 종합병원 신경과의 두통 클리닉에 갔을 때는 지금처럼 전문적이고 체계적인 두통 치료가 확립되기 전이었다. 그 뒤로 두통 전문의가 운영하는 신경과에서 진료도 받았지만 그때도 인상적인 진료를 받지 못했다.

그런 아쉬운 경험들 때문에 이후로 오랫동안 신경과 진료를 받지 않았다. 그리고 10년 넘는 시간 동안 내과에서 편두통 특이 약물과 긴장형두통 치료제를 처방 받아 복용하면서 약물과용두통이 되어 무척 고생했다.

이 책을 읽고 있는 두통 환자들은 부디 나처럼 안타까운 시간 낭비를 하지 말기 바란다. 스스로를 두통 환자라고 생각한다면 당장 신경과 전문의를 찾아가기 바란다. 그리고 정확한 진단을 받고 자신에게 맞는 치료를 받기 바란다. 지금은 신경과의 두통 치료가 무척 전문적이고 체계적으로 이루어지고 있으니 믿고 치료 받아도 된다.

신경과에 갈 때는 그동안의 자신의 두통 병력을 정리해서 가는 게 좋다. 언제부터 머리가 아팠는지, 그동안 어떻게 치료해왔는지, 얼마나 자주 머리가 아픈지, 어떤 경우에 머리가 아픈지, 어떤 양상으로 아픈지, 어떤 약을 먹으면 두통이 가라앉는지, 등등.

요즘은 많은 병원 신경과에 두통 설문지가 준비되어 있다. 하지만 그렇지 않은 곳들도 있으니 두통 병력을 종이에 정리해서 가면 의사와 상담할 때 도움이 된다. 시간도 절약되고, 행여 중요한 내용을 빠뜨릴 우려를 미연에 방지할 수 있다.

치료를 받을 때는 인내를 가져야 한다. 처방 받은 약이 자신에게 맞지 않는다고 해서 실망하면 안 된다. 시간이 걸리더라도 자신에게 맞는 약을 만날 수 있을 것이다. 한두 달 만에 눈에 보이는 변화가 오지 않는다고 해서 포기하면 안 된다. 조금 시간이 걸리더라도 분명 변화는 온다. 꾸준히 치료하고 생활 습관을 잘 관리하면 나아질 수 있다.

긴장형두통 tension-type headache

편두통과 함께 가장 흔한 일차두통이다. 심한 스트레스나 긴장
된 자세(같은 자세로 오래 앉아 있거나 서 있는 것) 때문에 뒷목이
나 뒷머리, 혹은 머리 전체에 생기는 두통이다. 긴장형두통이
라고 불리는 이유는 머리와 뒷목, 어깨 등의 근육이 긴장해서
생기는 두통이기 때문이다.

누르거나 조이는 듯한 통증이 뒷머리에서 시작하여 머리 전
체로 퍼지지만, 한쪽 부위에만 통증이 나타날 수도 있다. 편두
통보다는 통증이 약한 것으로 알려져 있다. 늦은 오후나 저녁에
잘 생기고, 자주 발생하여 거의 매일 두통이 반복될 수도 있다.

긴장형두통은 심한 스트레스로 발생하기 쉬우므로 스트레
스 요인을 없애거나 줄이는 것이 중요하다.

군발두통 cluster headache

군발두통은 눈물, 콧물, 코 막힘 등의 증상과 눈 주위의 심한 통
증을 동반하는 두통으로, 매우 심한 두통이 15분~180분 정도
지속되며 1~3개월에 걸쳐 매일 집중적으로 발생한다.

몇 달에서 몇 년간 발생하지 않다가 한번 발생하면 몇 주 이

상 지속되는 특성 때문에 '군발(群發, 무리지어 발생한다는 뜻)'이라는 이름이 붙었다. 통증의 강도가 특히 심한 두통 중 하나다.

한 가지 치료제나 치료법이 모든 사람에게 다 맞지는 않는다. 진통제나 편두통 특이 약물도 사람마다 잘 맞는 게 다르고, 편두통 예방약도 사람마다 부작용이 적고 잘 맞는 게 다르다. 자신에게 맞는 치료제와 치료법을 만나는 것이 편두통을 잘 다스리며 살아가는 데 무척 중요하다.

예를 들어 일반 진통제는 성분이 아세트아미노펜, 이부프로펜, 나프록센 등 여러 가지가 있다. 그 가운데 어떤 진통제가 더 효과가 있는지는 사람마다 다르다. 편두통 특이 약물도 에르고타민 성분과 트립탄 성분 가운데 어느 것이 더 효과가 있는지가 사람마다 다르고, 트립탄 성분도 수마트립탄, 나라트립탄, 알모트립탄, 졸미트립탄, 프로바트립탄 등으로 나뉘어 각 성분별 약물의 효과가 사람마다 다를 수 있다.

편두통 예방 치료도 예방약을 복용하는 것이 치료 효과가 더 좋은 사람이 있을 수 있고, 보톡스 주사 치료가 효과가 더 좋은 사람이 있을 수 있다. 혹은 두 가지를 병행하는 것이 가장 효과가 좋을 수 있다. 예방약도 항경련제, 베타차단제, 칼슘통로차단제, 항우울제 등 여러 종류가 있어서 사람마다 부작용이 심하거나 없는 약, 효과가 좋은 약이 있을 수 있다.

나의 경우도 앞에서 설명했듯 몸에 맞는 예방약을 찾기까지 오랜 시간이 걸렸다. 세 번째 시도 만에 지금의 예방약을 만나 정착할 수 있었다. 그리고 지금까지의 경험으로 나의 경우는 보톡스 주사 치료보다는 예방약이 예방 치료 효과가 더 있는 것 같다.

치료법과 치료제는 자신과 맞는 것을 만날 때까지 포기하지 않고 계속 시도하는 인내가 필요하다. 처음에 자신에게 맞는 치료제와 치료법을 만나는 행운을 누릴 수도 있지만 그건 말 그대로 행운이 아닐까 한다. 치료를 시작하면 자기 몸의 반응을 잘 관찰하면서 자신에게 맞는 치료제와 치료법을 찾아야 한다. 한두 가지 약이 효과가 없다고 해서 치료를 포기하지 않도록 하자. 내 경우처럼 몇 번의 실패를 거쳐서 맞는 예방약을 만난 사람도 있다는 걸 기억하기 바란다.

자신에게 맞는 치료제와 치료법을 만나고 편두통을 잘 치료하기 위해서는 잘 맞는 의사를 만나는 것도 중요하다. 환자와 함께 시행착오를 마다하지 않고 환자 개개인에게 맞는 최선의 치료법을 찾아주려는 노력을 하려는 의사를 만날 수 있다면 정말 좋을 것이다.

나는 앞서 얘기했듯이 두 차례의 예방 치료 실패 경험이 있다. 첫 번째 예방 치료는 예방약의 부작용이 너무 심해서 실패했다. 예방약의 부작용 가능성을 의사에게 미리 듣지 못했고, 약의 부작용을 경험해본 적이 없었기에 그렇게 심한 부작용이 있을 거라고는 전혀 예상하지 못했다. 그리고 다른 예방약들이 있다는 것도 알지 못했다. 따라서 부작용이 생긴 후에 병원을 다시 찾아 대안을 찾을 생각을 하지 못했다. 병원에 연락해서 의사의 조언대로 약 복용 횟수를 줄였음에도 부작용이 줄어들지 않자 그냥 약 복용을 중단했고, 병원에 다시 갈 생각은 하지 못했다. 부작용이 없는 다른 예방약이 있을 거라는 생각을 하지 못했다.

만일 의사가 예방약의 부작용 가능성에 대해 미리 설명해주고, 부작용이 있을 경우 병원을 찾아 다른 약으로 바꿔보자고 했다면 어땠을까? 아니면, 내가 부작용을 겪고 병원에 문의 전화를 했을 때라도 복용 횟수를 줄여도 상태가 호전되지 않으면 병원에 다시 내원하라고 말해주었다면 어땠을까? 편두통 예방약이 부작용이 다양하고 부작용 발생 빈도가 높은 편이라는 걸 생각하면 아쉬움이 남는 대목이다.

두 번째 예방 치료는 부작용만 얻은 채 별 효과가 없었다. 게다가 다른 병원에서 약물 중단 치료를 시작하면서 자연히 중단하게 되었다. 두 번째 병원에서 처방 받아 복용한 편두통 예방약은 발프로산 성분 약으로, 체중 증가 부작용이 있었다 (이 부작용도 사전에 의사로부터 설명을 듣지 못했다). 과체중은 편두통을 악화시킬 수 있으므로 피하는 게 좋을뿐더러 체중이 늘어나는 것을 원하는 사람은 저체중인 사람 말고는 아무도 없을 것이다.

한 달 정도 지나서 그 약이 체중 증가 부작용이 있다는 걸 알게 된 후, 나는 의사에게 체중 증가 부작용이 없는 편두통 예방약은 없느냐고 물었다. 의사는 내가 첫 번째 병원에서 처방 받았던 3가지 예방약 중 하나인 토피라메이트 제제가 유일하게 체중 감소 부작용이 있는 편두통 예방약이라고 했다. 그러니 그 약은 내게 처방할 수 없다고 했다. 내가 첫 번째 병원에서 예방약 부작용을 겪었기 때문이었다.

나는 3가지 약 중 부작용이 심했던 것이 그 약이 아닐 수도 있지 않느냐고, 토피라메이트라는 약을 한 번만 먹어보면 부작용이 심했던 것이 3가지 약 중 토피라메이트인지 아닌지 알 수 있지 않겠느냐고 다시 물었다. 첫 번째 병원에서 받았던 약은 한 번 복용만으로도 너무나 심한 부작용이 왔었기 때문이다.

그러나 의사는 곤란하다는 듯이 내 요청을 거절했다. 그래서 나는 계속 발프로산 성분 예방약을 4개월간 복용했고, 그 약은 예방 효과는 별로 없이 체중만 4킬로그램 정도 늘려주었다.

그런데 내가 요즘 6개월 넘게 복용하고 있는 편두통 예방약이 다름 아닌 토피라메이트 성분 약이다. 내가 혹시나 하고 기대했던 것처럼 토피라메이트 성분 약은 첫 번째 예방 치료에서 심한 부작용을 일으켰던 주인공이 아니었다. 첫 번째 예방 치료 당시 심한 부작용을 일으켰던 주범(?)은 베타차단제인 프로프라놀롤 성분 약인 것으로 추정된다. 당시 부작용은 심하게 혈압이 떨어지는 듯한 증상이었기 때문이다.

토피라메이트 제제를 먹으면서 발프로산 성분 예방약 때문에 증가했던 체중이 상당 부분 감소했고, 그보다 중요하게, 토피라메이트 제제는 내가 지금까지 시도해본 예방약들 가운데 가장 편두통 예방 효과가 있다. 처음 한 달 정도는 가벼운 부작용이 있었지만 이제는 부작용도 없다. 편두통의 빈도와 강도가 상당히 줄었고, 급성기 치료제의 효과도 더 좋아졌다.

토피라메이트 제제를 하루만 먹어보면 안 되겠느냐는 나의 말을 주치의 입장에서 들어주는 게 쉽지 않았을 수는 있다. 그렇게 환자의 요구를 다 들어줄 수는 없을 것이다. 그리고 의사 입장에서는 토피라메이트 제제가 나에게 부작용을 일으켰을 거라고 생각했을 수 있다. 하지만 너무 무리한 방법이 아니라면 환자에게 맞는 치료제나 치료법을 찾기 위해 같이 노력하거나 시도해볼 수 있지 않았을까? 먼저 제안하지는 않더라도 환자의 부탁을 들어줄 수는 없었을까? 이것이 지나친 바람일까?

그런 의미에서 나는 먼 길을 돌아서 만난 지금의 주치의에게 무척 감사한 마음을 갖고 있다. 지금의 주치의는 내가 지금까지 편두통 때문에 만난 의사들 가운데 치료와 관련하여 필요한 내용을 가장 상세하게 설명해주는 의사다. 그리고 환자가 질문하는 내용에 성의 있게 대답해주고 제안하는 사항에도 열린 자세로 반응하며 함께 치료해간다는 생각이 들게 한다. 약물과용두통까지 갔던 입장에서는 약을 과도하게 처방하지 않는다는 점도 무척 반갑다.

하지만 무엇보다도 약물과용두통인 나 같은 환자들을 입원

시켜 치료해준다는 점에서 생명의 은인과도 같은 고마운 마음을 느낀다. 입원하지 않고 집에서 약물과용두통 치료를(약물을 중단하는 치료를) 두 차례나 시도해본 입장에서 그것이 얼마나 불가능한지 잘 알고 있기 때문에 환자를 입원시켜서 약물과용두통을 치료해준다는 것이 얼마나 감사한지 모른다. 다른 병원들이 입원 치료를 실시하지 않는 이유가 무언지 모르겠지만 더 많은 병원에서 약물과용두통의 입원 치료가 실시되기를 바란다.

환자들이 바라는 최고의 의사는 첫째는 병을 잘 치료해주는 의사일 것이고, 둘째가 소통을 잘하는 의사일 것이다. 소통을 잘하는 의사란 환자에게 필요한 내용을 잘 전달하고, 환자가 궁금해하는 것에 잘 답해주며, 진심으로 대화를 나누는 의사일 것이다. 그리고 첫 번째와 두 번째는 떼어서 생각할 수 없을 것이다. 그런 의사를 만나는 건 우리 뜻대로 되지 않는다.

그런 의사를 만나는 건 우리 뜻대로 안 되어도 우리가 만난 의사를 최대한 활용할 수는 있다. 내가 경험을 통해 터득한 의사를 최대한 활용하는 방법이 있다. 우선 무척 기본적이고 당연한 것이지만, 종합병원 신경과를 예약할 경우 미리 병원 홈페이지에 들어가서 의료진 정보를 살펴본 다음 두통을 전문으로 보는 의사를 찾아서 예약한다. 인터넷 등에서 의료진에 대한 정보를 찾아본 후에 예약하는 것도 물론 좋다.

진료를 가기 전에는 자신의 상태와 병력을 미리 정리하여 종이에 인쇄하거나 적어 가고, 의사에게 묻고 싶은 내용도 적어 가자(언제부터 머리가 아팠는지, 그동안 어떻게 치료해왔는지, 얼마나 자주 머리가 아픈지, 어떤 경우에 머리가 아픈지, 어떤 양상으로 아픈지, 어떤 약을 먹으면 두통이 가라앉는지, 등등).

의사에게 이야기할 내용이나 질문할 내용을 머리로만 생각해서 가면 전달해야 할 내용을 빠뜨릴 수 있고, 묻고 싶었던 것을 깜빡할 수 있다. 그러나 필요한 내용을 적어 가거나 인쇄해 가서 자신의 질병에 대해 의사에게 전해야 할 내용을 최대한 전달하고 질문할 내용을 빠짐없이 질문하면 의사를 최대한 활용할 수 있다.

나와 맞는 의사를 만날 수는 없어도 내가 만난 의사를 최대한 나에게 맞는 의사로 만들 수는 있는 것이다.

편두통과 카페인

내가 편두통 때문에 만났던 의사들 중에는 커피를 마시지 말라는 사람도 있었고 하루에 2잔 정도까지는 괜찮다는 사람도 있었다. 그런데 마시지 말라는 사람이 더 많았다. 마셔야 한다면 디카페인 커피를 마시라고 했다.

의견이 분분하다면 먹지 않는 게 좋겠다고 생각해서 나는 입원 치료 후로는 커피를 비롯한 모든 카페인을 가능한 한 섭취하지 않고 있다. 커피가 생각날 때면 디카페인 커피를 마신다. 요즘은 커피숍에도 디카페인 커피를 판매하는 곳이 많고, 슈퍼마켓이나 편의점에서도 디카페인 컵커피를 많이 판매한다. 인스턴트커피도 디카페인 제품이 나와 있다.

카페인은 혈관을 수축시키는 역할을 한다. 따라서 뇌혈관도 수축시켜서 편두통을 줄여주는 역할을 하기 때문에(편두통의 통증은 뇌혈관이 확장되며 생기므로) 많은 일반 진통제와 편두통 특이 약물에 카페인이 포함되어 있다. 그러나 카페인이 공급되다가 중단되면 혈관 수축 효과가 사라지면서 혈관이 확장되므로 오히려 두통이 일어날 수 있다.

그래서 커피를 많이 마시는 사람들 중에는 아침에 일어나면 머리가 아프다가 커피를 마시면 가라앉고, 평일에 일하며 커피를 여러 잔 마실 때는 괜찮다가 주말에 커피를 안 마시면 머리가 아픈 경우가 있다. 이런 두통을 '주말두통(weekend headache)'이라고 한다.

또한 카페인은 불면증을 유발하여 수면 부족을 일으킴으로써 두통을 일으킬 수도 있다.

결론적으로 편두통이 있는 사람은 커피를 마시지 않는 것이 좋고, 마시더라도 하루에 2잔 이하로 마시는 게 좋다.

카페인은 커피뿐만 아니라 콜라, 홍차, 녹차, 초콜릿, 피로회복제 등에도 들어 있으므로 카페인을 제한하려면 커피 외에 이런 음식들의 섭취도 줄여야 한다.

편두통은 1부에서도 살펴보았듯 유발 요인이 무척 다양하다. 일상 속의 다양한 요인들 때문에 편두통이 일어나기 때문에 급성기 치료와 예방 치료만큼 중요한 것이 일상생활에서 유발 요인을 피하는 것이다.

편두통 유발 요인은 다양할 뿐 아니라 사람에 따라 다르다. 대부분의 편두통 환자들에게 해당되는 유발 요인도 몇 가지 있지만, 그 외에 개인마다 다양한 유발 요인이 있다. 따라서 자신의 편두통을 일으키는 요인이 무엇인지 잘 관찰해서 그 요인을 알고 피하려는 노력을 해야 한다.

언제 편두통이 생기는지 잘 관찰하자. 편두통이 생길 때마다 어떤 상황에서 편두통이 생겼는지 기록하다 보면 편두통 유발 요인이 무엇인지 보일 것이다. 그러기 위해서 두통 일기와 식사 일기, 생활 일기를 쓰는 것이 좋다.

유발 요인 가운데 특히 알기 어려운 것이 음식이다. 한 번에 한 가지 음식만을 먹는 경우는 흔치 않기 때문에 어떤 음식을 먹고 두통이 생겼는지 정확히 알기는 쉽지 않다. 따라서 식사 일기를 쓰는 것이 음식 가운데 두통 유발 요인을 찾아내는 데 도움이 될 것이다.

내 경험에 비추어 보면 편두통 유발 요인은 시간이 가면서 새로 추가되기도 한다. 편두통 병력이 길어지고 병이 악화되면서, 지난 10여 년 사이에 육체 피로, 강한 햇빛, 산소가 부족한 실내 공간 등이 나의 새로운 편두통 유발 요인이 되었다. 그런 경우 처음에는 그것이 편두통 유발 요인인지 알 수 없다. 하지만 두통 일기를 쓸 경우, 몇 번 그런 일이 반복되면 그것이 유발 요인이라는 것을 알 수 있다.

편두통 환자라면 두통 일기는 반드시 쓰는 게 좋다. 머리가 아플 때마다 몇 시부터 몇 시간 동안, 어느 부위가, 어떤 통증 양상으로, 어떤 강도로 아팠는지, 어떤 치료제를 썼는지, 일마 만에 통증이 가라앉았는지, 유발 요인은 무엇이었는지 등을 기록한다.

평소에 쓰는 수첩이나 다이어리에 기록해도 되고, 따로 두통 일기 수첩을 써도 좋고, 대한두통학회에서 만든 애플리케이션 '두통 일기'를 활용해도 좋다.

나는 오래전부터 평소에 쓰는 다이어리에 두통 일기를 써 왔다. 일별 칸에 세부 내용(언제 아팠고, 유발 요인은 무엇이고, 약은 무엇을 얼마나 복용했고, 언제 가라앉았고 등)을 기록하고, 월별 페이지(한 달 달력이 나와 있는 페이지)에 편두통 발작이 왔던 날과 편두통약을 먹은 날을 표시한다. 그러면 매달 편두통이 왔던 날과 약을 먹은 날을 한눈에 볼 수 있어서 좋다. 이번 달은 편두통 발작이 며칠 왔는지, 약은 몇 번 먹었는지를 한눈에 볼 수 있어서 두통을 관리하는 데 도움이 된다.

이렇게 두통 일기와 식사 일기 등을 쓰면서 자신의 두통을 잘 관찰하여 두통 유발 요인을 알아내고 최대한 피하는 것이 편두통과 사이좋게 동행할 수 있는 길이다.

식생활과 편두통

사람에 따라 특정 음식이 편두통을 일으키는 경우가 있고, 공복 상태에 편두통이 오거나 과체중이 편두통을 심화시키기도 한다. 따라서 편두통 환자들은 식생활에 주의해야 한다.

- 공복이 편두통을 일으킬 수 있으므로 아침 식사를 꼭 하고 규칙적으로 식사하자.
- 과식은 위장 증상을 악화시킬 수 있으므로 피하자.
- 과체중은 편두통을 심화시킬 수 있으므로 주의하자.
- 강력한 두통 유발 요인인 술(특히 적포도주)을 피하자.
- 식사 일기를 써서 자신에게 두통을 일으켰던 음식을 피하자. 술, 치즈, 초콜릿, 발효 음식, 식초에 절인 음식, 조미료, 과량의 카페인, 아질산염이 들어간 가공식품 등이 편두통을 일으킬 수 있는 것으로 알려져 있지만 사람에 따라 편두통을 일으킬 수 있는 음식은 다르므로 자신의 유발 요인을 찾자.
- 과량의 카페인은 두통을 일으킬 수 있으니 커피는 하루 2잔 이하로 마시는 게 좋다.

만성 편두통 환자들은 '두통 일기'를 쓰는 게 좋다.

· 몇 월 며칠, 몇 시부터 몇 시간 동안

· 어느 부위가

· 어떤 통증 양상으로

· 어떤 강도로 아팠는지

· 어떤 치료제를 얼마나 썼는지, 효과는 있었는지

· 유발 요인은 무엇이었는지

위 사항들을 수첩이나 공책에 기록해도 되고, 대한두통학회에서 만든 애플리케이션 '두통 일기'를 다운로드받아서 활용해도 좋다.

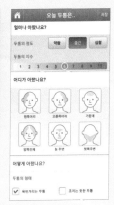

편두통은 우리의 생활 습관과 밀접한 관계가 있는 병이다. 유발 요인 가운데 생활 습관과 관계있는 것도 많다. 가급적 규칙적인 생활을 하고 생활 습관을 잘 관리하여 최상의 컨디션을 유지하며 유발 요인을 피하도록 노력해야 한다.

나도 입원 치료 후에 생활 습관을 잘 관리하기 위해 노력하고 있는데 그리 잘하고 있지 못한 것 같아서 자주 반성한다. 그러나 편두통은 평소에 예방약을 먹고 편두통이 왔을 때 치료제를 복용하는 것만큼 중요한 것이 생활 습관을 잘 관리하는 일이다. 이 글을 쓰면서 나도 다시 한 번 생활 습관을 잘 관리하자고 마음을 다잡아본다.

규칙적으로 충분한 수면을 취하자

수면 부족이나 불규칙한 수면, 혹은 과도한 수면은 편두통의 주요한 유발 요인이므로 규칙적으로 충분한 수면을 취하도록 하자. 하루에 7~8시간 정도가 좋다. 그 이상으로 너무 많이 자는 것도 편두통을 일으킬 수 있으니 좋지 않다.

나는 초등학교에 다닐 때부터 밤 12시 전에 자본 일이 거의 없다. 오랫동안 야행성이라고 할 수 있는 삶을 살아왔다. 그런데 안타깝게도 이런 나의 수면 습관은 편두통에는 매우 안 좋은 영향을 준다. 사실 나의 편두통 발작의 40~50% 정도는 수면 부족에서 오는 것 같다.

2020년 봄에 입원 생활을 했을 때는 퇴원하고 나서도 입원했을 때처럼 일찍 자고 일찍 일어나는 생활을 해야겠다고 마음먹었다. 그래서 퇴원하고 두 달 정도는 (입원했을 때처럼은 아니어도) 밤 12시 정도면 잠자리에 들고 오전 7시 전에 일어나는 생활을 했는데, 날이 갈수록 수면 시간이 다시 늦어지고 있다. 나처럼 야행성이 아닌 사람들이 들을 때는 12시 전에 잠자리에 드는 것이 왜 그렇게 어려운 일일까 이해가 가지 않을 테지만, 나의 고충(?)을 이해하는 사람들도 있을 거라 생각한다. 아무튼 12시는 넘더라도 1시 정도에는 잠자리에 들려고 노력하고 있다.

과로하지 말자

육체 피로 역시 중요한 편두통 유발 요인이다. 업무 때문이든, 놀면서든, 무리한 운동으로든 과로하여 몸을 피로하게 만드는 일은 삼가는 게 좋다.

나도 언제부턴가 몸이 너무 피곤하면 편두통이 온다. 운동을 조금 심하게 하거나, 한두 시간 정도라도 서서 어떤 일을 하거나, 조금 오래 걷는 등 어떤 이유로든 몸이 피곤하면 머리가 아프다. 그래서 가능한 한 무리하지 않도록 유의하고 있다.

적당한 운동으로 체력을 키우자

과도한 운동은 몸을 피로하게 할 수 있어서 편두통을 일으킬 수 있다. 하지만 적당한 운동으로 체력을 키우는 것은 편두통을 예방하는 데 좋다. 운동 가운데에는 유산소 운동이 좋다고 한다. 걷기, 수영, 가벼운 등산, 자전거 타기 같은 유산소운동을 자기 체력에 맞게 무리하지 않고 꾸준히 하면 좋다.

나도 주치의의 조언에 따라 편두통이 없는 날은 40~50분 정도 걷는다. 걷는 것을 무척 좋아해서 예전에는 한 번에 2~3

시간도 거뜬히 걸었는데 지금은 체력이 많이 떨어져서 그렇게 오래는 걷지 못한다. 그렇게 걸었다가는 또 편두통이 찾아올지도 모른다. 앞으로 1~2년 정도 체력을 키워서 다시 예전처럼 걷고 싶을 만큼 걸을 수 있는 몸을 만드는 것이 지금 내 소망이다.

적당히 규칙적으로 식사하자

공복과 과식은 편두통의 적 가운데 하나다. 따라서 규칙적으로 적당량의 식사를 하는 게 좋다. 영양분을 골고루 섭취하되, 자신에게 편두통을 일으켰던 음식은 물론 피해야 한다. 그러기 위해서는 평소 식사 일기를 써서 편두통을 일으키는 음식을 알아내는 노력을 하는 게 좋다.

나의 경우, 다행히 술 외에는 편두통을 일으키는 음식은 특별히 없는 것으로 알고 있다. 그리고 공복 상태에서 편두통이 일어났던 경험도 없다. 단지 과체중이 편두통을 악화시킨다고 하니 체중 관리에는 꾸준히 신경 쓰려고 한다.

카페인을 적당히 섭취하자

과량의 카페인은 편두통을 일으킬 수 있으니 커피는 하루에 2

잔 이하로 마시는 게 좋다. 커피를 별로 좋아하지 않는다면 마시지 않거나 디카페인 커피를 마시면 좋다. 커피 외에도 홍차, 녹차, 콜라, 초콜릿, 피로회복제 등 카페인을 함유한 다른 음식들도 많이 섭취하지 않도록 하자.

나는 이런 사실을 알게 된 후로는 카페인은 거의 섭취하지 않고 있다. 커피나 콜라, 초콜릿 등을 그리 좋아하는 편이 아니어서 다행인데, 그런 음식을 좋아하는 편두통 환자라면 적잖이 속상할 것 같다.

술은 마시지 말자

알코올은 혈관을 급격히 확장시켜서 편두통을 일으킬 수 있는 대표적인 음식이다. 특히 적포도주가 가장 위험하다. 따라서 편두통 환자라면 술은 멀리하는 게 좋다.

편두통 환자로서 내가 가장 다행인 점이 바로 이것이다. 나는 타고나기를 술을 마시지 못한다. 편두통 때문에 야행성 삶을 지양해야 하는 것도 조금 섭섭한데, 만일 내가 술을 좋아하는 사람이어서 술까지 참아야 했다면 얼마나 서글펐을까? 술을 좋아하는 편두통 환자에게는 미안한 말이지만.

육체 피로와 무리한 운동은 편두통 유발 요인에 포함된다. 그리고 편두통이 있을 때는 당연히 운동을 할 수 없다. 운동은커녕 계단을 오르거나, 걷거나, 의자에서 일어서거나, 심하게는 고개를 돌리는 정도의 움직임만으로도 두통이 심해진다.

그렇다고 해서 운동을 하면 안 되는 것은 아니다. 편두통 발작이 왔을 때를 피해서 규칙적으로 운동하여 체력을 키우면 편두통의 빈도와 강도가 줄어들고 삶의 질이 높아진다.

일주일에 3회 정도, 하루에 40분 정도 중간 강도의 유산소 운동(걷기, 수영, 가벼운 등산, 자전거 타기 등)을 꾸준히 하는 것이 좋다. 시작하기 전에는 가벼운 맨손체조 등으로 준비운동을 하자.

편두통 유발 요인 가운데 하나가 스트레스와 정신적 긴장이다. 급격한 스트레스를 받으면 편두통이 생긴다. 스트레스는 또한 편두통과 함께 대표적인 일차두통인 긴장형두통의 가장 큰 원인이다. 지속되는 스트레스는 편두통과 긴장형두통을 만성화할 수 있다. 따라서 편두통과 긴장형두통의 발생을 줄이고 만성화하지 않기 위해서는 스트레스를 잘 관리해야 한다.

스트레스를 관리한다는 게 물론 개인의 노력으로만 되는 일은 아니다. 개인이 어찌할 수 없는 외적 요인들이 복잡하게 얽혀서 만들어내는 것이 스트레스다. 그렇다고 해서 스트레스에 속수무책으로 당할 수만은 없다.

스트레스를 일으키는 일들을 목록으로 정리해보고 스스로의 노력으로 제서할 수 있는 것들은 최대한 제거하는 노력을 하자. 제거할 수 없다면 최대한 줄이려는 노력을 하자.

충분한 휴식과 적당한 운동, 좋은 글 읽기, 명상 등이 스트레스를 줄이는 데 도움이 될 수 있을 것이다. 특히 걷기는 복잡한 머릿속을 비우는 데 좋은 방법이라고 생각한다.

한편, 편두통 환자들은 심하고 잦은 통증으로 인해 우울감과 무기력감, 나아가 분노를 느낄 수 있다. '나는 왜 이렇게 자꾸 아플까?' '아, 힘들다. 이렇게 자꾸 아파서 앞으로 어떻게 살아갈까…' '나만 왜 이렇게 고통스러운 병을 갖고 태어난 거야!' 통증이 만성화되면 그런 우울감과 무기력감도 만성화될 수 있다. 그러면 그런 정서적 문제 또한 병이 될 수 있다. 따라서 편두통 환자는 몸과 함께 마음도 잘 다스려야 한다. 필요하다면 정신과 전문의의 도움을 받아야 한다.

신경과에서 두통 환자들이 작성하는 설문지에는 우울증과 불안장애, 자살과 관련한 항목들이 있다. 그만큼 두통 환자들 가운데 우울증과 불안장애, 자살과 관련하여 고통 받고 고민하는 사람들이 적지 않다는 방증일 것이다.

실제로 편두통 환자들은 우울증과 불안장애를 앓을 위험이 높다고 한다. 미국 하버드 대학교 보건대학원의 토비아스 키스(Tobias Kurth) 교수팀은 편두통 이력이 있는 환자에서 우울증 발병 위험이 약 40% 더 높다는 연구 결과를 두통 전문 학술지 《두통》 2013년 9월호에 발표한 바 있다. 2005년 캐나다 지역사회 건강 조사(Canadian Community Health Survey)에 따르면, 편두통 환자들이 환자가 아닌 사람들에 비해서 우울증을 앓는 비율이 2~2.5배 정도 되었고, 자살에 대한 생각을 해본 적 있는 비율도 2배 정도 되는 것으로 나타났다.

이처럼 편두통 환자에게 우울증이나 불안장애 등 정신과 질환이 동반되기 쉬운 이유는 만성 통증으로 인한 괴로움과 일상생활과 업무 장애로 인한 우울감과 무기력감 때문이기도 하지만, 편두통이 정신과 질환과 마찬가지로 신경전달물질의 이상, 호르몬 같은 생물학적 요인, 스트레스와 육체 피로, 수면 부족 같은 환경적 요인이 복합적으로 관련 있는 질환이기 때문이기도 한 것으로 전문가들은 보고 있다.

또한 전문가들은 편두통과 우울증, 불안장애가 서로 악영향을 준다고 본다. 즉, 편두통이 있으면 우울증과 불안장애가 생기기 쉽거나 심해지고, 거꾸로 우울증과 불안장애가 있으면 편두통이 생기기 쉽거나 심해진다고 본다. 그리고 편두통과 우울증이나 불안장애를 동시에 앓고 있는 환자는 자살 충동을 느낄 위험이 높다고 본다.

따라서 만성적으로 편두통을 앓는 환자들은 우울증이나 불안장애에 걸리지 않도록 늘 조심하며 정신건강 관리에 유의해야 할 것이다. 의심 가는 증상이 있을 때는 신속하게 정신과 전문의를 찾아 진단을 받고 필요한 치료를 받도록 하자.

유명인들과 편두통

편두통은 유명인이라고 해서 비껴가지 않을 것이다. 우리가 아는 사람들 중에 편두통으로 고통 받은 사람은 누가 있을까?

멀게는 로마의 황제 카이사르와 프랑스의 황제 나폴레옹 1세가 편두통을 앓았던 것으로 알려져 있다. 『플루타르코스 영웅전』에 카이사르가 편두통을 앓았다는 기록이 나온다. 그리고 진화론의 찰스 다윈, 『돈키호테』의 작가 미겔 데 세르반테스, 철학자 프리드리히 니체, 정신분석의 창시자 지그문트 프로이트, 화가 빈센트 반 고흐, 클로드 모네, 조르주 쇠라, 『이상한 나라의 앨리스』의 작가 루이스 캐럴, 『자기만의 방』의 작가 버지니아 울프, 『안네의 일기』의 안네 프랑크, 미국의 제35대 대통령 존 F. 케네디, 가수 엘비스 프레슬리, 배우 엘리자베스 테일러 등이 편두통 환자였다고 한다.

현존하는 사람들 중에는 배우 섀런 스톤, 우피 골드버그, 휴 잭맨, 벤 애플렉, 기네스 팰트로, 가수 재닛 잭슨, 테니스 선수 세레나 윌리엄스 등이 편두통으로 고통 받고 있다고 한다.

위의 사람들이 편두통 환자라는 사실을 알게 되니, 같은 편두통 환자로서 왠지 친근함마저 느껴진다.

두통은 눈에 보이지 않는다. 본인이 말을 하기 전에는 두통을 앓고 있는지 알 수 없다. 오늘 우리가 마주치는 누군가도, 지금 TV에서 웃으며 이야기하고 있는 어떤 이도 사실은 편두통 환자일 수 있다. 머리가 아픈데 진통제를 먹고 통증을 조절해가며 일을 하고, 이야기를 하고 있는 것일 수 있다. 나도 그랬던 적이 많았으니까.

(참고 https://migrainepal.com/famous-with-migraine/)

부록

×

두통 관련 주요 사이트

두통 환자 설문

두통 영향 평가 설문

편두통에 의한 장애 평가 설문

· 대한두통학회

www.headache.or.kr

- 대한두통학회 공식 사이트

· 두통 없는 행복한 세상(NO MORE HEADACHE)

www.migrainecluster.com

- 대한두통학회에서 운영하는 두통 정보 사이트

- **성별 :** ☐ 남 ☐ 여 **· 나이 :** 만   세
- **신장 :**   cm **· 체중 :**   kg

1. 두통은 언제 시작되었습니까?

(   )일 전, (   )개월 전, (   )년 전

2. 두통은 얼마나 지속됩니까? (진통제를 복용하지 않았을 때)

☐ 30분 이내   ☐ 30분 이상~4시간 이내
☐ 4시간 이상~3일 이내   ☐ 3일 이상

3. 지난 3개월간 두통은 얼마나 자주 있었습니까?

☐ 1~11일 / 년   ☐ 1~3일 / 달
☐ 1~2일 / 주   ☐ 3~4일 / 주 또는 한 달에 15일 이상
☐ 최근 새로 발생

4. 지난 한 달간 진통제를 며칠 복용하셨습니까?

(   )일 (종류 :   )

5. 두통의 경과를 그림으로 표시하면?

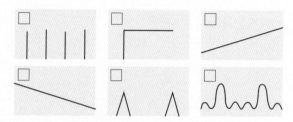

6. 두통의 강도를 0에서 10까지의 숫자로 표시하세요.

(0 : 통증 없음, 10 : 상상할 수 있는 가장 심한 통증)

0	1	2	3	4	5	6	7	8	9	10

약한 통증   보통 통증   심한 통증   상상할 수 있는 가장 심한 통증

7. 두통 중이나 두통 전에 앞이 보이지 않는 증상이 있습니까?

☐ 예   ☐ 아니오

8. 머리가 아프기 전에 두통이 올 것을 미리 아십니까?

☐ 예 두통 (   )시간 전   ☐ 아니오

☐ 하품   ☐ 소화 장애   ☐ 집중력 저하   ☐ 기분 변화

☐ 목 뻣뻣/통증   ☐ 아플 것 같은 느낌   ☐ 피로   ☐ 식욕 저하

☐ 소리에 과민   ☐ 빛에 과민   ☐ 기타 (   )

9. 두통 중 나타나는 증세를 모두 표시하세요.

☐ 소화가 안 되거나 체하면 머리가 아프다.

☐ 두통 중에 소리에 예민해진다.

☐ 움직이면 두통이 더 심해진다.

☐ 두통 중에 소화가 안 되거나 울렁거린다.

☐ 두통 중에 냄새에 예민해진다.

☐ 두통 중에 어지럽다.

☐ 두통 중에 토한다.

☐ 두통 중에 빛에 예민해진다.

☐ 두통 중에 눈물/충혈이 보인다.

10. 주로 어느 쪽 머리가 아프십니까?

☐ 우측   ☐ 좌측   ☐ 양측   ☐ 번갈아 가면서

11. 아픈 부위를 아래 그림에 표시하세요.

☐ 정면   ☐ 좌측   ☐ 우측   ☐ 후면

12. 두통은 맥박이 뛰듯이 욱신거리는 두통입니까?

☐ 예   ☐ 아니오

13. 다음 중 본인의 두통을 유발시키는 요인을 모두 표시하세요.

☐ 스트레스 ☐ 피로 ☐ 과식 ☐ 주말 ☐ 늦잠

☐ 수면 부족 ☐ 냄새 ☐ 소리 ☐ 월경 ☐ 감기

☐ 성관계 ☐ 운동 ☐ 추위 ☐ 더위 ☐ 햇빛

☐ 환절기 ☐ 체할 때 ☐ 굶을 때 ☐ 술

☐ 음식 (종류 :   )

☐ 기타 (   )

14. 가족 중에 머리 아프신 분이 있나요?

☐ 아니오 ☐ 예 (☐ 부 ☐ 모 ☐ 자녀 ☐ 형제 ☐ 기타)

15. 현재 치료 중인 다른 병이 있나요?

☐ 아니오 ☐ 예 (종류 :   )

16. 우울, 불안, 불면 등으로 정신과 치료를 받으신 적이 있나요?

☐ 아니오 ☐ 예 (종류 :   )

두통 영향 평가(HIT-6)

전혀 없다(6점)   드물게 있다(8점)   종종 있다(10점)
자주 있다(11점) 항상 그렇다(13점)

1. 두통이 있을 때, 얼마나 자주 통증이 심하다고 느끼시나요?

☐ 전혀 없다 ☐ 드물게 있다 ☐ 종종 있다

☐ 자주 있다 ☐ 항상 그렇다

2. 얼마나 자주 두통 때문에 집안일, 직장일, 학교 또는 사회활동 등 일상
생활에 지장을 받나요?

☐ 전혀 없다 ☐ 드물게 있다 ☐ 종종 있다

☐ 자주 있다 ☐ 항상 그렇다

3. 두통이 있을 때 누워서 쉬고 싶을 때는 얼마나 자주 있습니까?

☐ 전혀 없다 ☐ 드물게 있다 ☐ 종종 있다

☐ 자주 있다 ☐ 항상 그렇다

4. 지난 4주 동안, 얼마나 자주 두통 때문에 일 또는 일상생활을 못할 정
도로 자주 피곤했었나요?

☐ 전혀 없다 ☐ 드물게 있다 ☐ 종종 있다

☐ 자주 있다 ☐ 항상 그렇다

5. 지난 4주 동안, 얼마나 자주 두통 때문에 짜증이나 신경질이 났습니까?

☐ 전혀 없다 ☐ 드물게 있다 ☐ 종종 있다
☐ 자주 있다 ☐ 항상 그렇다

6. 지난 4주 동안, 얼마나 자주 두통 때문에 일 또는 일상생활에 집중하기 힘들었습니까?

☐ 전혀 없다 ☐ 드물게 있다 ☐ 종종 있다
☐ 자주 있다 ☐ 항상 그렇다

총점수   점
_____

총점수가 50점 이상이면 두통으로 인한 영향이 크므로 의사와의 상담이 필요합니다.

편두통에 의한 장애 평가(MIDAS)

1. **지난 3개월 동안 두통 때문에 학교 또는 직장에서**
   └ 결근/결석한 날이 며칠이나 됩니까?　　　　　　　　[　　] 일
   └ 출근/출석은 하였으나 작업 또는 학업 능률이 절반
   　이하로 감소한 날이 며칠이나 됩니까?　　　　　　　[　　] 일

2. **지난 3개월 동안 두통 때문에 집안에서**
   └ 가사일을 아무것도 할 수 없었던 날이 며칠이나
   　됩니까?　　　　　　　　　　　　　　　　　　　[　　] 일
   └ 가사일을 하기는 하였으나 작업 능률이 평소의
   　절반 이하로 감소한 날이 며칠이나 됩니까?　　　　　[　　] 일

3. **지난 3개월 중 두통 때문에**
   └ 친족/친구 기타 모임이나 여가 활동에 참가할 수
   　없었던 날이 며칠이나 됩니까?　　　　　　　　　　[　　] 일

총점수　　　　　일
_____

총점수가 6일 이상이면 편두통으로 인한 장애가 있으므로 의사와의 상담이
필요합니다

참고 자료

대한두통학회 공식 사이트 (www.headache.or.kr)
—

두통 없는 행복한 세상 (www.migrainecluster.com)
—

질병관리청 국가건강정보포털 의학정보
—

강북삼성병원 당뇨혈관센터 건강정보
—

서울대학교병원 의학정보
—

삼성서울병원 건강상식
—

서울아산병원 질환백과
—

www.migraine-matters.com
—

www.migrainepal.com
—

《THE LANCET》, The Global Burden of Disease Study 2010
—

《Cephalalgia》 May 2010, "Global prevalence of chronic migraine: a systematic review", JL Natoli, A Manack, B Dean, Q Butler, CC Turkel, L Stovner, RB Lipton.
—

《Cephalalgia》 September 2013, "Migraine, headache, and the risk of depression: Prospective cohort study", Pamela M Rist, Markus Schürks, Julie E Buring, Tobias Kurth.

**편두통,
한없이 예민한 나의 친구**

1판 1쇄 찍음 2020년 12월 4일
1판 1쇄 펴냄 2020년 12월 10일

지은이 민 윤

주간 김현숙 | **편집** 변효현, 김주희
디자인 이현정, 전미혜
영업 백국현, 정강석 | **관리** 오유나

펴낸곳 궁리출판 | **펴낸이** 이갑수

등록 1999년 3월 29일 제300-2004-162호
주소 10881 경기도 파주시 회동길 325-12
전화 031-955-9818 | **팩스** 031-955-9848
홈페이지 www.kungree.com
전자우편 kungree@kungree.com
페이스북 /kungreepress | **트위터** @kungreepress
인스타그램 /kungree_press

ⓒ 민 윤, 2020.

ISBN 978-89-5820-703-0   03810

책값은 뒤표지에 있습니다.
파본은 구입하신 서점에서 바꾸어 드립니다.